KEITAI
SHOUSETSU
BUNKO
SINCE 2009

野いちご

# ふたりは幼なじみ。
## ～クールな執事の甘い溺愛～

青山そらら

JN180043

**◎ STARTS**
スターツ出版株式会社

カバー・本文イラスト／朝吹まり

イケメンで優秀な執事の神楽は、
いつも呼べばすぐに飛んできてくれるし、
必ず私を守ってくれる。

「ねぇ神楽」
「お呼びですか。梨々香様」

身分違いとも言える私たちだけど、本当は
ケンカも普通にする幼なじみ。

「おい、りぃ。聞いてんのか」
「かーくんのばーか！」

小さい頃からずっと一緒に育ってきて、いつも隣にいた。
表向きはお嬢様と執事だけれど、
私たちの関係は変わらない。

でも、きっと、好きになってはいけない相手。

「お前のことは、俺が守るって決めたんだ」

お嬢様×執事

幼なじみふたりの胸キュンラブ♡

# ふたりは幼なじみ。
## ～クールな執事の甘い溺愛～
### 登場人物紹介

**西園寺梨々香（さいおんじりりか）**

名門・西園寺家のひとり娘にして、青蘭学園に通うお嬢様。高校2年生。おてんばで元気いっぱいのマイペースな性格。幼なじみの神楽には、恋愛感情はないと思っているけど…？

**白鳥麗美（しらとりれみ）**

梨々香の親友で、白鳥コンツェルンのお嬢様。勝気だけど、面倒見がよく、頼れる存在。神楽の大ファンで、自身の執事であるカイを頼りなく思っている。

### 篠崎神楽
しのざきかぐら

クールでイケメン、ツンデレな梨々香の幼なじみで、専属執事兼ボディーガード。青蘭学園の執事科に通っている。梨々香を一途に想い続けているけど、身分の違いからその気持ちを隠している。

### 篠崎紫苑
しのざきしおん

神楽の一歳上の従兄弟で、同じく西園寺家の執事見習い。植物を愛する温厚な癒し系イケメン。梨々香と仲良しだが、その様子にいつも神楽はイライラしていて……?

## ふたりは幼なじみ。
### ～クールな執事の甘い溺愛～

contents

| | |
|---|---:|
| プロローグ | 10 |
| かーくんと私 | 14 |
| 不自由な生活 | 27 |
| 人の気も知らないで【side神楽】 | 44 |
| 彼氏にするなら御曹司？ | 67 |
| 二階堂くんの本性 | 88 |
| お前のことが大事だから | 110 |
| かーくんの好きな人？ | 126 |
| もしかして、妬いてた？ | 151 |
| 帰り道の恐怖 | 169 |
| 執事失格 | 197 |

もう、俺にかまうな【side神楽】　209

失って気づいた気持ち　　　　228

必ず見つけてみせます【side神楽】248

かーくんじゃなきゃダメなの　260

エピローグ　　　　　　　　　　287


**文庫限定特別番外編**

大好きだから、もっと　　　　294



あとがき　　　　　　　　　　326

ふたりは幼なじみ。
～クールな執事の甘い溺愛～

## プロローグ

"りぃ"と"かーくん"
　私たちは、幼なじみ。
　子どもの頃からずっと一緒——。

『ねぇかーくん！　みてみてーっ！　もうのぼれたよーっ！』
　あれは、私がまだ7歳くらいの頃。
　その頃の私は木登りが大好きで、毎日のように広い庭にある大きな木に登っては、そこから飛び降りる、なんてことを繰り返していた。
　パパやママには、よくそれで怒られてたけど……。
　それ以上に、かーくんにはいつも怒られていた。
『おいっ！　りぃ！　おまえ、またそんなとこにのぼって！　ケガでもしたらどうするんだよ！　はやくおりてこい！』
『え〜っ』
　私が危ないことをするといつも、かーくんは私を叱る。
　まるでパパみたいにね。
　かーくんは私の幼なじみで、同い年の男の子。家も隣同士。
　小さな時は私よりも背が低くて、女の子みたいだった。
　サラサラの黒い髪の毛に、ダークブラウンの瞳をしていて。

色も白くて体も細くてか弱そうなのに、いつも私を守ろうとがんばってくれていたんだ。
『せっかくのぼったばっかりなのに〜。あっ、かーくんもこっちおいでよ！　たかくてながめがいいよ〜』
『バカ！　なにいってんだよ！　いいからはやくおりて……』
『わかったよー。じゃあいまとびおりるから、まってて。いくよ！　カウントダウンかいし！　10、9、8、7、6、5……』
『うわっ！　おい！　まて！』
『3、2、1、ゼロ！』
　　──ドサッ!!
　かーくんが止めるのも聞かずに私が勢い(いきお)よく飛び降りようとしたら、なぜかその真下には彼が立っていて。
　しかも、受け止めるかのように両手を大きく広げていたものだから、私はなんだか安心して、そこに自分も手を広げて飛び込んだ。
　そのままかーくんに抱(だ)きつこうと思ったんだ。
　でも、無理だった。
　結局私の重さと勢いに押されて、かーくんはうしろに倒れてしまい、それを押しつぶすようにして私も倒れた。
　幸い地面がふかふかの芝生(しばふ)だったからよかったけれど、ひとつ間違(まちが)えばかーくんは大ケガをしていたかもしれない。
『……ちょっ。うわーっ、ちょっと！　かーくん、だいじょ

うぶ!?』
　あわてて私の下敷きになったかーくんの安否を確認する。
　すると、彼は痛そうに顔をゆがめながらも、こう答えた。
『だ、だいじょうぶにきまってるだろ！　おれはおとこなんだから！』
　女の子みたいな顔をしたかーくんがこんなことを言うものだから、私はちょっとおかしくて。少しだけ笑ってしまった。
『なにわらってんだよっ！』
『えーだって、かーくんいま、すごくいたそうなかおしてたよ』
『べつにいたくねぇよっ、このくらい！　っていうか、おまえがとびおりようとするのがわるいんだろ！』
『だって、かーくんがどいてくれないんだもん』
『おれはキャッチしようとおもったんだよ！』
『えーっ!?』
　その発言にはビックリした。
　まさかこんな小さなかーくんが、私を本気で受け止めようとしてくれてたなんて。
　無茶にもほどがあるけれど、なかなか男らしい。
　かーくんはいつもちょっとカッコつけで、強がりで、でもすごく勇敢だ。
　私のためならどんな無茶でもしようとしてくれる。
　そういうところが頼もしくて、大好きだった。

『かーくんには、まだむりだよ〜』
『うるさい！　バカにするなっ！』
『もう、なんでそんなにいっつもむりするのー？』
『なんでって……』
　私がそう尋ねたら、一瞬考えたように黙るかーくん。
　だけどすぐに、まっすぐこちらを見すえながらこう言った。
『りぃのことは、おれがまもるってきめたから』
　そう。
　かーくんはこの頃から、私の立派なボディガードだったんだ。

## かーくんと私

　——それから10年後。
　私たちは高校２年生になった。
「おはようございます、梨々香様。お着替えの時間でございます」
「お嬢様、今日のヘアスタイルはいかがいたしましょうか」
　私、西園寺梨々香の朝は忙しい。
　私専属のふたりのメイドが私の部屋にやってきて、着替えを手伝ってくれたり、髪をセットしてくれたりする。
　まるでテレビに出る前の楽屋の芸能人みたい。
　いたれりつくせりなのはいいけれど、ちょっとまいっちゃう。
　私の家は代々会社経営をしていて、うちのパパは超大手といわれる西園寺グループの経営者だ。
　西園寺グループといえば、銀行にデパート、不動産、総合商社、三つ星ホテルやレストランなどあらゆる業種を経営しており、国内だけでなく、世界中に企業展開していて、パパはそこのトップに君臨してる。
　Saionjiというだけで世界で通用するレベルの知名度らしい。
　土地や家もたくさん所有していて、私の住む家も大きなお屋敷だ。
　西洋風のお城みたいな建物で、部屋もたくさんあって、

私も全部は把握できていないほどだし、広すぎて家の中で何度か迷ってしまったこともあるくらいだ。

　私としては生まれついてのことなので実感はなかったけど、いわゆるセレブにあたる家庭らしい。

　そんな西園寺家のひとり娘が私。

　パパからは「将来は財閥の御曹司と結婚しろ」なんて言われてる。

　だけど私は正直、そういうのにまったく興味がない。

　お嬢様って呼ばれるのも好きじゃないし、パーティーに出席するのだって、ピアノやバイオリンのお稽古だって好きじゃない。

　本当は体を動かすほうが好き。

　全然おしとやかなタイプじゃないし、たぶんパパやママが望んでいる娘像にはほど遠いと思う。

　それでも、そんな私のことを、パパもママもすごくかわいがってくれている。

　だから私はこの生活が少し窮屈ではあるけれど、べつに嫌いじゃない。

　着替えとヘアセットが終わると、今度はまた入れ替わりでノックの音がする。

　——コンコン。

「はぁーい」

　私がやる気のない返事をすると、即座にドアが開く。

　そして、ひとりの男が部屋に入ってきた。

　黒い執事服に身を包んだ、すらっと背の高い黒髪のクー

ルなイケメン。
　彼は、私の専属執事兼ボディガードの篠崎神楽、17歳。
　まだ執事としては見習いだけど、顔も頭もスタイルもよくて、運動神経抜群で、誰もが認めるしっかり者のデキる男。
「お嬢様、本日のスケジュールの確認でございます」
「はーい」
「まず学校が終わりましたらピアノのレッスン、そして5分休憩をはさみまして、次に家庭教師による授業、それから夕食前にマナーレッスンがあります。それから……」
　内容を聞いているだけで、だんだんとまた眠くなってくる。
　なんだろう、この過密スケジュールは。
　なんのために毎日こんなたくさんの予定をこなさなくちゃいけないんだろうと思う。
「ふわあぁぁ……」
　だけどそこで、私が思わずあくびをしたら、神楽が一瞬話を止める。
　そして、眉間にしわを寄せたかと思うと、いきなり低い声でつぶやいた。
「……おい、りぃ。聞いてんのか」
　そう。実はこれが、彼の本性。
　だって神楽は、私専属の執事である前に、私の幼なじみだから。
「聞いてるってばー！」

「ウソつけ。さっきからあくびばっかしやがって」
「だってそれは、かーくんが眠くなるような話ばっかするから」
「お前のために言ってんだろ！」
「うわーっ、タメ口(ぐち)っ！ てか、朝からさっそく執事モード崩(くず)れてるから！」
「うるせぇ、じゃあ真面目(まじめ)にやれ」
「なんですって〜！」

　神楽、すなわちかーくんと私は、こうやってすぐにケンカになる。

　かーくんは執事のくせに、時々口が悪くなるし、態度も偉(えら)そうだし。

　幼い頃からずっと一緒にいたから、彼が執事として働きはじめた今も、この関係は変わらない。

　かーくんは今でも、ふたりの時は私のことを"りぃ"って呼ぶし、私も"かーくん"って呼んでいる。

　人前では絶対に呼ばないけどね。

　でも、私たちは本当は、すごく仲良しなんだ。

　かーくんの育った篠崎家は、代々うちの西園寺家に執事として仕(つか)えてきた家系で、かーくんのパパは今ではうちのパパの秘書(ひしょ)みたいな役割(やくわり)をしてるし、家だってうちの敷地内にあるすぐ隣の建物に住んでいる。

　かーくんの年上の従兄弟(いとこ)も、同じく執事として働いているし、そのほかにもメイドや運転手が何人かいるけれど、篠崎家に対するうちの親の信頼は別格(べっかく)だ。

私が高校生になるまでは、かーくんのおじいさんにあたる環さんが私の世話をしてくれていたんだけど、私がおてんばすぎたせいか、歳のせいか、腰を悪くしてしまったのもあって、ある日引退することに。
　その代わりに、高校生になったかーくんがその役割を引き継いだというわけ。
　といっても、もとからかーくんはいつも私と一緒にいるし、ボディガードみたいに私を見張ってくれてたけどね。
　しきたりとして、執事として一人前と認められるのは、20歳になってからと決まっている。
　だから、かーくんはすごく優秀ではあるけれど、まだまだ見習い扱いなんだ。

　朝食を終えると、運転手の佐野さんが尋ねてくる。
「お嬢様、今日の送迎は……」
「大丈夫。いらないわ」
　私が即座に断ると、ママがクスクス笑う。
「やだもう、佐野さん。天気のいい日はべつに聞いてくれなくて大丈夫なのよ。どうせこの子は歩いていくって言うんだから」
「いやまぁ、しかしですねぇ……」
　私も仕事ですから……とでも言いたげな佐野さんを前に、かーくんが答える。
「大丈夫です。梨々香様は私が責任をもって学校までお送りいたします」

「あらまぁ、神楽ったら頼もしいわぁ。神楽がいれば安心よね」
　楽しそうに後押しするママ。
　実はこれはもう、毎日のやり取りで。
　私は学校まで送迎とかしてもらうのがあまり好きじゃないから、大体断っちゃうんだ。
　責任感が強く、職務に忠実な佐野さんには悪いけど、台風とか体調不良の時以外は、車は使わないようにしている。
　そのかわりにかーくんと一緒に、毎日電車に乗って登校してる。
　こんなこと、友達に話したら驚かれちゃうんだけどね。
　私の通う青蘭学園は、本当に限られたエリートしか通えない名門校だから。
　古くからの由緒正しい家柄や政財界、文化人の子弟ばかりで、そもそも一般の人は受験すらできないらしい。
　しかもみんな代々専属の執事がついているような家庭ばかり。
　そのためか、高等部には別に「執事科」という科まで存在する。
　未来の優秀な執事やメイドを育成するための学科で、かーくんはその執事科に通っている。
　ちなみに私が通うのは、学園でも特別に選ばれた生徒たちが集まるといわれる「特別科」だ。
　日本の未来のエリートを育成するための特別な学科らしい。

だから、かーくんとは学科こそ違うものの、学校は一緒。
　それで毎日一緒に登校してるんだ。
「神楽、行くわよ。じゃあねママ、いってきまーす!」
「かしこまりました。それでは奥様、いってまいります」
「あら、いってらっしゃい」
「お嬢様、お気をつけて」
　今日もママたちに見送られながら、元気に家を飛びだした。

　学校に着くと、校門の前にある車回しは高級車でいっぱいだった。
　うちの学校の生徒はみんな、基本車で送迎してもらってるから。
　黒塗りのクラシックカーやリムジン、派手な色合いの最新スポーツカーなどが並んで、まるでモーターショーみたい。
　私はそれを横目に、かーくんと一緒に門をくぐり抜ける。
　執事科と私の通う特別科は、校舎はつながっているけれど、棟が分かれてるから、ここでいったんお別れ。
「それじゃ神楽、またね」
　そう告げて私が手を振ると、かーくんは胸の前に手をあてて、ぺこりと頭を下げる。
「はい梨々香様、お気をつけて」
　だけど、さあ行こうと背を向けたその瞬間、ポンと頭に手が乗った。

かーくんの大きな手のひらの感触。
　振り返ると彼は、小さく笑みを浮かべながらボソッとつぶやく。
「りぃ、居眠りしないでちゃんと授業聞けよ」
「……なっ」
　もう。こういうの、執事がお嬢様にすることじゃないと思うんだけどなぁ。
「わかってるってば〜」
　だけど、かーくんの執事の仮面が外れるこの瞬間が、私は嫌いじゃない。
　自分は同じ特別科のほかの女の子たちと違って、すごくマイペースだし、落ち着きがないし。たぶんお嬢様生活なんて全然向いてないタイプ。
　容姿だけは、ママ譲りの白い肌とぱっちり二重の瞳、そして背中まで綺麗に伸ばしたウェーブヘアのせいか、「清楚で可憐なお嬢さん」「品のある美少女」だなんてほめられるけど、実際はおしとやかさのかけらもない、おてんばな性格だし。
　そんな私のことを誰よりも理解してくれているのは、彼だと思うから。
　かーくんとこうしていつものやり取りをしてる時こそ、私は私になれる。
「かーくんこそ、かわいいメイドちゃんたちを泣かせないであげてよね」
「は？　なんで俺が」

「だって、相変わらずモテモテなんでしょ？　知ってるよー？」
「……あのな、そういうの、りぃは知らなくていいから」
「わっ、何それ〜！」
「それよりほら、お友達のレミ様がいらっしゃいましたよ」
　かーくんに言われて振り返ると、ちょうど登校したばかりの親友の白鳥麗美が、執事のカイくんを連れてこちらへ歩いてきた。
「梨々香、おはよう！」
「おはよう！」
「おはようございます。梨々香様」
　隣に立っていたカイくんも一緒に挨拶をする。
「おはようございます、レミ様」
　私の横にいたかーくんも、即座に執事モードに戻って頭を下げる。
　ちなみにレミと私は同じクラスで、中等部からの付き合いだ。
　彼女は白鳥コンツェルンの娘で、切れ長の瞳と、内巻きの茶色いロングヘアが印象的な長身の美少女。
　ちょっと勝気なところもあるけど、すごく面倒見のいい性格で、頼りになる。
　そしてレミの専属執事であるカイくんもまた、かーくんと同じ執事科のクラスメイトで、ふたりは親友だったりする。
「カイ、もういいわ。あとは梨々香と行くから」

「かしこまりました。お嬢様」
　そこでかーくんたちと別れた私たちは、ふたりで昇降口まで向かった。
「はぁー。それにしても神楽くんて、いつ見てもイケメンだわぁ〜」
　すると、レミがため息まじりにそんなことを言いだして。
　実はこれも、いつものことなんだけどね。
　レミはかーくんの大ファンだから。
　かーくんは執事だけど、人一倍容姿が整ってるし、下手したらそこらの特別科の御曹司たちよりもずっとカッコいい。
　子どもの頃は私よりも小さくて女の子みたいだったのに、今では背がぐんと伸びて180センチ近くあるし、もとから中性的で綺麗だった顔は成長と共にどんどんカッコよさを増していって、今では誰もが振り向くような超絶イケメン男子に成長した。
　頭もよくて、成績も常にトップ。そしてスポーツも万能。
　だから執事科でもモテモテらしくて、常にメイドさんたちからの告白が絶えないんだとか。
「特別科にもあのくらいのイケメンがいてくれたらねぇ。金持ちでイケメンで性格もいい男って、なかなかいないわよね〜」
　と、レミがため息をつく。
「そうね。いないかも。少なくともうちのクラスにはいないね」

「B組の二階堂くんくらいじゃない？　うちの学年だと。まぁ二階堂くんに目をつけてる女子はいっぱいいるけどね。あぁ、せめてカイがもっとイケメンだったらなぁ。目の保養くらいにはなるのに」
「うーん……。そうかなぁ」

　私から見たら、カイくんだってじゅうぶんイケメンの部類に入ると思うんだけど、レミ的にはそうじゃないみたい。

　カイくんは、かーくんとはまたタイプが違って、見た目は爽やかな元気系って感じだけど、実際はちょっぴりドジで抜けてるところのある、のんびり系男子だ。

　レミはとにかく面食いで、顔にうるさいからなぁ。相当なイケメンじゃないと、イケメンだとは認めないらしい。

　まぁ、レミってすっごい美人だし、スタイルだってモデル並みだから、ついついそう言いたくなるのかもしれないけどね。

「この前なんてね、カイに着替え見られたのよ！　最悪でしょ？　カイってなんか天然で抜けてるのよねー。私が言ったこともすぐに忘れちゃうし、気もきかないし」
「あははっ。まぁそのぶんレミがしっかりしてるからいいじゃない」
「でもー、普通逆じゃない？　時々私が面倒見てやってるのよ。おかしいでしょ？　だから神楽くんが本当にうらやましい。私もあんな専属執事欲しかったなー」
「あはは。そう？」
「そうよー。でも、あんなイケメンと四六時中一緒にいた

ら、私だったら好きになっちゃうかも。梨々香はよく神楽くんに恋しないでいられるわね。あんなイイ男」
「う、うーん……」
　これもまたよく言われるけど、たしかに私も不思議だ。
　かーくんのことは信頼してるし大好きだし、大切な幼なじみだとは思ってるけど、べつに恋愛感情というものはない。
　というか、そんな感情はもっちゃいけないんだけどね。
　だって、一応執事とご主人様なわけだし、お互い好きになってはいけない相手。
　元から私は、レミと比べるとそんなに男の子に興味がないんだけど、とくにかーくんに対してはそういう感情を抱いたらダメだって、子どもの頃から無意識に思ってたような気がする。
　さらに、レミはこんなことまで言いだした。
「でも逆に、神楽くんもだよね。梨々香みたいな超絶かわいい子と四六時中一緒にいるわけでしょ？　そういう目で見ちゃったりしないのかしら」
「えぇぇっ!?」
　ビックリしすぎて思わず声をあげてしまった。
　何それ！　そういう目って、どういう目？
　しかも超絶かわいいなんてまた、お世辞にもほどがある。
「そ、そういう目？」
　私がドキドキしながら尋ねたら、レミは真面目な顔して答える。

「だからー、梨々香のことを女として見てないのかってことだよ。神楽くんだってお年頃だからね。彼女のひとりやふたりできてもおかしくないのに、全然そういう気配がないから、なんでかなぁって」
「あぁ。まぁ、それは私もそう思うけど……」
　たしかに、かーくんに好きな子ができたとか、彼女ができたなんて話は、今まで一度も聞いたことがない。
　執事だって恋愛をするのは自由なのになぁ。
「実は梨々香のことが好きだから……だったりしてね」
「えぇっ～!?」
　レミがイタズラな表情で笑う。
　だけど、それはさすがに全力で否定した。
「ないない！　そんなことあるわけないでしょ。あったら困るって！　変なこと言わないでよーっ！」
　だって、そんなの絶対にありえないもの。
　私とかーくんは、あくまでお嬢様と執事の関係。
　そして幼なじみってだけ。
　かーくんが私を守ってくれるのも、面倒を見てくれるのも、執事としての仕事上の使命感から。
　だから、それ以上の感情なんてない。お互いに。
　そんなものはあっちゃいけないんだ。

## 不自由な生活

　放課後はいつものように、駅までの道をかーくんと歩いて帰る。
　ふたり並んで歩いていたら、今日もまた、道行く人から浴びる視線がすごかった。
　青蘭学園の制服は、女子は薄紫のセーラーワンピに赤いリボンという変わったデザインだから、とにかく目立つ。
　執事科もデザインは違うけれど、黒いブレザーの下に執事っぽいグレーのベスト、さらに青いネクタイまでしてるから、これまた目立つ。
　私とかーくんが制服姿で一緒にいると、たいてい周りの人がジロジロ見てくるんだ。
「ねぇねぇ、あれ青蘭の制服だよね？　かわいい〜！」
「隣にいるの、執事科の人かな？　ヤバいっ、超イケメンなんだけど！」
　こんなヒソヒソ話が聞こえてくるのも、いつものこと。
　ましてやかーくんは誰もが認めるイケメンだから、いつも女の子たちから熱い視線を浴びている。
　知らない人にまでこんなふうにキャーキャー言われるくらいだから、モテるのもなかなか大変だろうなって思う。
　まぁ、徒歩通学に付き合わせてる私が悪いんだけどね。
　それに、帰り道はいろいろと誘惑が多い。
　歩いているといろんなものが目に入るし、そのたびに気

になって立ち止まったりしちゃうから、いつも私はそれでかーくんに怒られていた。
「あっ！　あそこのコンビニ、広告が変わってる！　新商品のプレミアムチーズまんだって！　おいしそう〜」
「あー、はいはい」
　かーくんは私の発言を、またかという感じでさらりと受け流す。
「ねぇかーくん、チーズまん食べたい！　一緒に食べない？　私がおごるから！」
「ダメです」
「なんでーっ!?」
「コンビニは利用禁止だとご主人様から厳命(げんめい)されております」
「えーっ。でも、黙っていればわかんないよー？」
「アホ。ダメなものはダメだから。もしバレたら俺が怒られんだよ」
　さっそく素(す)に戻って、頭をコツンと叩(たた)いてくるかーくん。
「あーっ、ひどいっ！　頭ぶった！」
「こんなのぶったうちに入んねぇだろ」
　だけど、これもまたいつものこと。
　かーくんはパパの言いつけを厳格に守り、私が何かをやりたいって言っても、ことごとく却下(きゃっか)してくるんだ。
　コンビニもダメ。ファストフードもダメ。ゲームセンターもダメ。
　そういうのは庶民(しょみん)が行くところだし、危険(きけん)な場所だか

らって。
　パパはとにかく心配性で偏見(へんけん)がすごいから。
　実は、過去に私は何度かこっそり立ち寄ったことがあるんだけど、コンビニの肉まんだって、ファストフードのポテトだって、どれもすごくおいしかったのに。
　だから、なんであれもこれもダメって言われるのかわからないんだけどね。
「とにかく寄り道禁止。まっすぐ帰るぞ」
「……はぁーい」
　仕方(しかた)なくうなずいて、かーくんのうしろをしぶしぶついていく。
　だけど、しょんぼり下を向きながらとぼとぼ歩いていたら、いつの間にか早歩きの彼よりも、だいぶ距離(きょり)があいてしまった。
「おい、りぃ？」
　かーくんが気づいて振り返る。
　するとその時、近くを通りかかった他校(たこう)の不良っぽい男子高校生ふたり組が私に話しかけてきた。
「おぉっ、珍しい。青蘭の子がひとりで歩いてるぜ。やっべ、マジ美少女」
「なになにー、今からどこ行くの？　よかったら俺らと一緒に遊ばない？」
「えっ？」
　私が青蘭の制服を着てるからか、興味津々(きょうみしんしん)な様子で近寄ってくる男子たち。

「かわいいね〜。何年生?」
　そして次の瞬間、片方の男が私の腕をつかもうと手を伸ばしてきて。
　──ガシッ!
　だけど、それは一瞬にして阻(はば)まれた。ある人物によって。
「うちのお嬢様に、何かご用ですか?」
　さすが私のボディガード。すぐに飛んできてくれる。
　かーくんがその男をにらみつけると、男は一瞬驚いた顔をしながらも、すぐに負けじとにらみ返してきた。
「はっ?　うちのお嬢様?　なんだお前。執事ごっこでもしてんのか」
「ごっこじゃありません。お引き取りください」
「何言ってんだコイツ。女みてぇなツラしてよく言うよ」
「うぜぇなコイツ。やっちまおうぜ」
　もうひとりも加勢(かせい)する。
　見るからにいかにも不良っぽい男子ふたりは、ケンカっ早いのか、指をポキポキ鳴らしながらかーくんに詰め寄ってくる。
　とたんに嫌な空気が流れて。
　そして次の瞬間、あろうことか殴(なぐ)りかかってきた。
「カッコつけてんじゃねぇ!」
　もうひとりも足を振りあげて蹴(け)りかかってくる。
　だけど私はその様子を、冷静な顔で見つめていた。
　あらら。ケガしたりしなきゃいいけど……。
　なんて、逆にふたりに同情してしまったくらいだ。

だって、かーくんはこう見えて、すっごく強いから。
　ボディガードをするために、子どもの頃から空手や柔道をはじめ、あらゆる格闘技を習っているし、日々その鍛錬を欠かさない。
　蹴りあげる足を一瞬でくぐるようによけて、身をひるがえし、殴りかかろうとしたもうひとりの男の腕をバッとつかむ。
　それからひょいと軽くひねりあげた。
「いててててッ!!!!」
　悲鳴をあげる男。
　そこで、すかさずもうひとりが反撃しようとしてきたけれど、今度はその男の胸もとと袖をそれぞれガシッとつかむと、そのままくるっと体をひねり、勢いよく背負い投げをしてしまった。
「おわあぁ〜っ!!」
　——ドッシーン!!
　あっという間にふたりとも地面に倒されてしまい、コワモテの不良男子たちが、急に弱々しく見える。
　座り込んだふたりを前にして、かーくんは両手をパッパッと払いながら、ケロッとした顔で言う。
「……で、まだ続き、やりますか？」
　さすがの彼らも、これ以上反撃する気にはなれなかったようで。
「な、なんだこいつ！」
「行こうぜっ！」

あわててしっぽを巻くように逃げていってしまった。
　――パチパチパチパチ。
　それを見て、思わず拍手(はくしゅ)なんかしちゃう私。
「さすがかーくん！　つよーい！」
　だけど、のん気にそんなことを言って笑ってたら、またコツンと頭を叩かれた。
「……いたっ！」
「こら、お前。感心(かんしん)してる場合か」
「ちょっ！　なんでぶつの～！」
「大体、りぃが離れて歩くのが悪いんだよ。ったくムダな時間食ったじゃねーか。ほら、早く帰るぞ」
　かーくんはそう言って私のカバンを受け取ると、手をぎゅっと握(にぎ)ってくる。
　そして、そのままスタスタと歩きだした。
　こういうところは昔から変わらない。ぶっきらぼうだけど、優しいの。
「かーくん！」
「何」
「ありがと」
「……っ」
　私がはにかみながらお礼(れい)を口にしたら、ちょっと照れたように顔を赤くする彼。
　やっぱりかーくんは勇敢で、優しくて、しっかり者で、私の自慢の幼なじみだ。
「いいから早く歩けよ」

こうやって口は悪いけど、いつもマイペースな私を見守って、世話を焼いてくれる。
　忙しいスケジュールの毎日をがんばれるのもきっと、彼がいてくれるから。
　思わずちょっとうれしくなって、つないだ手に力を込めたら、かーくんは驚いたように一瞬振り返って、それから無言(むごん)で握り返してくれた。
　その手がすごくあったかくて、安心する。
　かーくんが私の専属執事でよかったなって、あらためて思った瞬間だった。

「ただいまーっ！」
「ただいま帰りました」
「おかえりなさいませ、お嬢様。おかえり、神楽」
　家に着いて門の扉(とびら)を開けたら、西園寺家の執事のひとりである紫苑(しおん)が出迎えてくれた。
　彼はかーくんの従兄弟で、ひとつ年上の高校３年生だから、まだかーくんと同じ見習い執事だ。
　植物を愛する温厚(おんこう)男子で、かーくんと同じ青蘭の執事科に通っている。
　クールでぶっきらぼうなかーくんとは対照的に、彼は優しくてお日様みたいなタイプ。
　見た目も女の子と間違えそうなくらいの中性的な顔に、少し長めの明るい茶髪が似合っていて、王子様系イケメンという言葉がよく似合う。

歳も近いし、彼ともまた、とっても仲良しなんだ。
「わぁっ、バラが綺麗に咲いたわね！」
「そうなんです。今が見頃ですよ」
　3人で門から屋敷へと歩みを進める。
　庭に綺麗に植えられた数々のバラは、毎日彼が手入れしているもの。
　まるでヨーロッパの庭園みたいなうちの庭は、庭師とは別に半分は彼が手がけてくれている。
　そんな紫苑からお花の話を聞くのが、私は何気(なにげ)に大好きだったりする。
「このバラはなんていうの？」
「これはウィリアム・モリスといいます」
「へぇーっ、こっちは？」
「こちらはフレグラント・アプリコットです」
「わぁぁ、素敵(すてき)な名前」
　色とりどりのバラの花からは優雅(ゆうが)な香りが漂(ただよ)ってきて、思わずうっとりしてしまう。
　学校帰りの疲れが癒(いや)されていくよう。
「お嬢様……」
　すると、ふいに紫苑がピンクのバラの花を一輪(いちりん)ハサミで切り、私の頭にそっと添えてくれた。
「お似合いですよ」
　そう言って、ニッコリと笑う彼。
　その王子様みたいな笑顔にまた癒される。
　紫苑って、ほんとに癒し系なんだよね。

「ふふ、ありがとう」
　だけど次の瞬間、急にどこからか手が伸びてきたかと思うと、グイッと体をうしろに引きよせられて。
「……わっ!」
　何かと思って振り返ったら、かーくんがひどく不機嫌そうな顔で、こちらをにらんでいた。
「はぁ……。あのですね、こんなところで油売ってる場合じゃないんで」
「えーっ、何よ〜。べつに私はただちょっとお花に癒されてただけで」
「それより、そろそろピアノのレッスンの時間ですから。急ぎましょう」
「えぇ〜っ」
　まったく。かーくんったら相変わらずスケジュールにうるさいんだから。
　私が紫苑とお花の話をしてると、必ずといっていいほど邪魔してくるんだよね。なんでだろ。
　かーくんはきっと、植物を愛せない男なんだわ。
「ふふふっ」
　するとそんな私たちを見て、なぜか紫苑がクスクスと笑いだす。
　それにまたムッとした顔をするかーくん。
「何笑ってんだよ、紫苑」
「いいえ、何も。お嬢様、ピアノにお勉強、がんばってくださいね」

「うぅ、がんばるわ……」
 ほんとなら私だってもっと、お花を眺(なが)めたりしてゆっくり過ごしたいんだけどなぁ。
 私の生活は何かと制限があって、不自由で忙しい。次々とやらなくちゃいけないことがあるし。
「ほら、行きますよ」
 かーくんはそう言うとスタスタと玄関まで歩いていく。
「はぁーい」
 私はそれを追って、渋々(しぶしぶ)家に入った。


「では、次はこの問題を」
「ちょ、ちょっと待って。一回休憩……」
「休憩はまだ早いですわよ。さぁ、今説明したでしょ？ 解いてみてください」
「え～っ」
 ピアノのレッスンが無事終わったかと思えば、一息つく間もなく、次は勉強の時間。
 家庭教師のマチコ先生は今日も厳しくて、私は早くも逃げだしたい気分だった。
 正直なところ、勉強はあまり好きじゃない。
 体育の時間だけは、はりきっちゃう私だけど、授業中はよく居眠りをしてる。
 そんな日常だから授業の内容を覚えてないことも多々あって、心配したパパが高等部から厳しい指導をする先生をつけてくれた。

それがこのマチコ先生。
　悪い人じゃないけど、正直ちょっと苦手だ。
　こんなことなら、成績優秀なかーくんに勉強を教えてもらうほうがまだよかったかな、なんて思ってしまう。
　今さらだけど。
「ふわぁぁぁ……」
「まぁ、またあくびなんかして！」
「だって数学の問題見てると眠くなるんだもん。あ、そうだ。コーヒー！　コーヒー飲んだら目が覚めるわ！」
　なんて、適当なことを言ってまた勉強から逃げようとする私。
　我ながらどうしようもないとは思うけど、とにかくお腹がすいて、気が散って仕方がなかった。
　マチコ先生はそんな私を見て、深くため息をつく。
　だけど、てっきりダメって言われるかと思ったら、
「仕方ありませんね。コーヒー飲んだらやりますか？」
　珍しくコーヒーブレイクを許可してくれた。
「えっ、いいの？　やったー！　じゃあついでにマドレーヌかスコーンも一緒にお願いっ」
「おやつはいけません。コーヒーのみ。ブラックで淹れてきますので少々お待ちを」
「えーっ！　ブラック〜？」
「ブラックコーヒー、オア、ナッシングです。それとも、いりませんか？」
　マチコ先生のメガネがキラッと光る。

正直ブラックコーヒーは苦手だけど、このままぶっ続けで数学に取り組む気力はなかったので、仕方なくお願いすることにした。
「い、いります……」
「おとなしく待っているのですよ」
　マチコ先生はそう告げると、部屋から出ていく。
　私はドアが閉まるのを見た瞬間、はぁ、と大きくため息をついた。
「お腹すいた」
　今日は勉強の前にピアノのレッスンがあったせいで、いつも楽しみにしてるママとのティータイムがなかった。
　おかげでもうお腹がペコペコ。
　こんな状態で勉強なんて、あまりにも酷(こく)だわ。
　あぁ、やっぱりさっきかーくんとコンビニのチーズまんを食べておけばよかったなぁ。
　でもかーくんは真面目だから、どっちにしろダメって言われてたかな。
　コンビニに自由に行ける人はいいなぁ……。
　ふと思う。
　私ってなんか、鳥かごに閉じ込められた鳥みたい。
　大事に大事に育てられているはずなのに、全然自由がない。
　たまには逃げだしたっていいんじゃないのかな。コンビニくらい行ったって。
　そうよ。たまには自由が欲しい。

チラッと部屋の時計に目をやる。
　マチコ先生はまだ戻ってこない。
　あの先生はああ見えて意外とおしゃべりだから、コーヒーを淹れにいったついでに誰かと話が弾んじゃったのかもしれないな。
　そういうの、よくあるんだ。
　もしかして、これってチャンス……？
　今のうちにここから逃げだしちゃおうかな。
　ついつい、また悪いことを企んでしまう私。
　そして、イスから立ち上がると、バンッと部屋の大きな窓を両手で開けた。
　２階から見下ろすと、庭には誰もいないように見える。
　よーし！　ラッキー！
　思いきってサッシ部分に足をかけた。
「せーのっ！」
　そのまま勢いよく飛び降りる。
　小さい頃こうやって、よく木から飛び降りてたなぁ、なんて思いながら。
　私、運動神経と身の軽さには自信があるんだ。
　だけどなんだろう。その時、一瞬黒い人影のようなものが下に見えたような気がして。
　気のせい……？
　でもそれは、やっぱり気のせいなんかじゃなかった。
　──ドサッ!!
「きゃっ!?」

着地しようと思った瞬間、とっさに誰かに抱きとめられる。
　ウソッ！　なんという反射神経……。
　だけど、そんなことをするのは普通に考えて、ひとりしかいなかった。
「ちょっと！　かーくん!?」
　気がついたら、かーくんにお姫様抱っこされている私。
　どこから現れたのか知らないけど、まさかこんなタイミングよく彼に見つかって、簡単に捕まってしまうとは想像もしてなかった。
　それにしてもかーくんたら、いつの間にか私のことを本当にキャッチできるようになっちゃったんだ。
　ふと、子ども時代のことを思い出して、ちょっと感心する私。昔は押しつぶされてたはずなのに。
「……なっ、なんでここにいるの？」
　私がとまどいながら尋ねると、彼は呆れたように笑いながら言う。
「バーカ。お前の行動パターンなんか全部把握してんだよ」
　うぅ、悔しいけど、かーくんにはすべて読まれてるみたい。
「またバカって言った〜！」
「いや、バカだろ。こんな窓から飛び降りるとか。ケガしたらどうすんだよ。ったく」
「ケガなんかしないもんっ。これくらい余裕よ」
　私が口をとがらせると、かーくんがふぅっとため息をつ

く。
「で、どこに行こうと思ってたんだよ？　マチコ先生の勉強抜けだして」
「うっ……」
　そう問われると、非常に気まずかった。だって。
「……こ、コンビニ、とか」
　聞こえるか聞こえないかくらいの小さな声でボソッと答える。
　さっきダメって言われたばかりなのに、こっそり行こうとしてただなんて、絶対に怒られると思った。
　すると、案の定たまげた顔をするかーくん。
「はあっ？　コンビニ？」
「うん」
「お前な、コンビニは禁止だってあれだけ……」
「でも、さっきのチーズまんおいしそうだったんだもん」
　いけないことだとはわかってた。
　でもあまりにもお腹がすいて、部屋に閉じ込められているようで窮屈で、チャンスだと思ったら体が勝手に動いてしまった。
「チーズまんって、まだ言ってんのか。ひとりで出かけるのも禁止だっつってんだろ」
「でも、かーくんに頼んでも一緒に行ってくれないし……」
「仕方ねぇだろ。ご主人様の言いつけなんだよ」
「わかってるけど、私だって帰りに寄り道くらいしたいよ。あれもダメ、これもダメって、禁止ばっかり」

「……」
「私だって、コンビニくらい行きたい」
　しょぼんとした顔でそう言うと、黙り込むかーくん。
　すると、何を思ったのか急に、そのまま私を抱えてスタスタと歩きだした。
「……えっ！　かーくん？」
　そして裏口のドアの前まで来ると、素足(すあし)の私をタイルの上で降ろす。
　そこで、初めて自分が何も履(は)いていないことに気がついてハッとする。
　私ったら、靴(くつ)も履かないで出かけようとしてたんだ。
「ダメなもんはダメなんだよ」
　あらためてそう言われた瞬間、やっぱりダメなんだって思ってガッカリした。
「そのかわり……」
　ふいにかーくんが、私の頭に手を乗せる。
「俺が買ってくるから、お前は部屋に戻ってろ」
「えっ？」
　その言葉にきょとんとする私。
　あれ？　でも今、ダメって……。
「お前が行くといろいろまずいから、俺が買ってきてやるよ。仕方ねぇな。いいか？　絶対言うなよ。知られたら怒られるのは俺なんだからな」
「かーくん……」
　ウソ。買ってきてくれるんだ。

「わーっ！　ありがとう！　大好きっ！」
「おわっ！　やめろ……！」
　うれしさのあまり、かーくんに思いきり抱きついたら、その勢いで彼はうしろに倒れそうになってた。
　やっぱり、優しいなぁ。かーくんは。
　口うるさい時もあるけれど、なんだかんだ私の気持ちをいつも考えてくれるんだ。
「……っ、わかったから、早く戻れよ。マチコ先生にキレられんぞ」
「ふふふ。はぁーい」
　かーくんに諭されて、ようやく部屋へと戻る私。
　すると、マチコ先生はほんとにおしゃべりに夢中だったらしく、私が戻った直後にコーヒーを持って現れたのでギリギリセーフだった。
　よかった……。
　脱走もバレなかったし、チーズまんも食べられることになったし、これも全部かーくんのおかげだな。
　そのあとはやけに勉強がはかどって、マチコ先生もビックリしていたけれど、要は気の持ちようなんだって、あらためて思った。
　たまには息抜きも大事だよね。
　そして、あとで部屋でかーくんとこっそり食べたチーズまんは本当においしくて。
　なんだかすごく特別な味がした。

## 人の気も知らないで【side神楽】

「ねぇかーくん、これとこれ、どっちが似合うと思う?」
「どっちでもいいから早くしろよ」
「もうっ、ちゃんと意見してよ〜っ!」

　さっきからりぃの部屋で、俺とりぃはこんなやり取りを30分くらい続けている。

　まったく、女っつー生き物は、どうしてこう服選びに時間がかかるんだ。

　とはいうものの、まぁ、りぃはそのほかにおいては男みたいなところもたくさんあるけど。

　基本的に何事も大雑把で、落ち着きがなくて、おしとやかさのカケラもない。

　サルみたいに身軽で、木からも窓からもかまわずに飛び降りるし、逃げ足も男並みに速いし。

　勉強もピアノのレッスンも嫌いで、どうやら授業中も居眠りばかりしているようだ。

　全然、お嬢様らしくなんかない。

　ところが、黙ってすましていれば、見た目はどこからどう見ても育ちのよさそうな美少女だから、そのギャップがすごくて。

　りぃの通う学校にはあんまりそういう女子はいないから、執事としてそのフォローをするのも何かと大変だったりする。

でもまぁ、たぶんそれが、りぃのいいところでもあるんだろう。

りぃは、子どもの頃から全然変わらない。

天真爛漫（てんしんらんまん）で、単純で、わかりやすくて。

たまにワガママだけど、それでもあんまり憎めない性格をしている。

物心ついた頃から、俺はりぃのそばにいた。

親父からは、りぃが危ないことをしないよう常に目を配るように言われていたし、何かあったら男のお前が守れと厳命されていた。

だから俺はその頃から、半分無意識に、自分がりぃを守らなきゃいけないと義務のように思ってた。

いつだってりぃの一番近くにいたし、誰よりも彼女のことをわかっていると思っていた。

でも、りぃはべつに、俺のものなんかじゃない。

あくまでも自分はこの篠崎家に生まれたがゆえに、執事として、ボディガードとして、彼女のそばにいるだけだ。

そう思うと時々、無性（むしょう）に寂しくなる。苦しくなる。

りぃはいつかきっと、俺から離れていく。

いや、俺は本当は最初から、一番近くになんていられないし、いてはいけない存在なんだ。

そんなことはわかってるはずだけど、どこかでそれを認めたくなかった。

本当は俺が一番、りぃの近くにいたかった。

ずっとずっと、彼女のことが好きだった。

「このワンピもかわいくない？　これ、気に入ってるんだ！」
「いや、丈が短すぎ。却下」
「え〜っ、なんでーっ！　じゃあ、このカットソーは？」
「は？　ダメに決まってんだろ。胸もと開きすぎ」
「べつにいいでしょ！　そういうデザインなの！　っていうか私は、かわいいかどうかを聞いてるんだけど！」
「よくねぇよ。そんなカッコで外に出せるかよ」
「何それ〜！　そんなのかーくんが決めることじゃないでしょ！」
「じゃあ、そもそも俺に聞くな」
「ぶーっ！」
　俺がベッドの前で本を片手に、率直な感想を伝えていたら、りぃはだんだんとむくれはじめた。
　たぶん俺に「かわいい」と言わせたいんだろう。
　わかってるけど、選ぶ服がどれも露出度高すぎて、却下するしかない。
　そんな足や胸を見せびらかすような格好で、ほかの男の前に出ていってもらっちゃ困る。
　だけど、俺があまりにもダメ出しばっかりするからか、途中から彼女は何も聞いてこなくなった。
　しまいには、いきなり着ていた部屋着を脱ぎはじめて。
　──バサッ。
　気がついたらキャミソール姿になっていて、ギョッとした。

「……っ、おい！　何やってんだよ、いきなり！」
　あわてて俺が注意しても、ケロリとしてる。
「え？　何って、着替えようと思って」
「いや、着替えるならそう言えよ。俺出てくから」
「あはは！　大丈夫だよ〜、べつに。キャミ着てるし」
　そういう問題じゃねぇよ。
　つーか、俺からしたらそんなの下着にしか見えねぇよ。
　俺のことちゃんと男だと思ってんのか？
　もうちょっと意識しろよ。
　だけど、あんまりジロジロ見るわけにもいかないし、なんだか罪悪感があったので、あえて興味なさそうに読んでいた本に視線を戻す。するとりぃはその格好のまま、俺のすぐ隣までやってきた。
　そして手に持った本をジッとのぞきこんでくる。
「ていうか、かーくん、さっきから真剣になんの本読んでるの？」
　やけに距離が近い。いや、近すぎんだろ。
　俺は今にも変な汗が出てきそうだったけど、あくまで平静を装って答えた。
「何ってべつに、りぃにはわかんねぇよ」
「……経営学〜？　難しそう。何、かーくんたら会社でも起こすつもりなの？」
　そう言われて、パッと本を隠す。
　べつに俺がこんな本を読んでたところでりぃはなんとも思わないだろうけど、なんとなく見られたくなかった。

「まさか。ちょっと興味あるだけだよ」
「へぇー。かーくん頭いいもんね」
「それよりお前、早く服……」
「あっ、ちょっと待って!」
　すると、りぃは何を思ったのかいきなり俺の正面に来るとさらに距離を詰め、俺の顔を手で押さえてじっとのぞきこんできた。
「……っ、なんだよ」
　その体勢が、すでにいろいろまずい。
「かーくん、顔にまつ毛ついてるよ」
「は?　まつ毛?」
「えーっとね……はい、取れたっ!」
　手を伸ばして、わざわざ俺の顔についていたらしいまつ毛を取ってくれた。ただそれだけのこと。
　なのに、俺の心拍数はヤバいことになっている。
　りぃがこんな下着みたいな格好で近づいてくるせいで。
　彼女は固まっている俺を見て、きょとんとした顔で尋ねてくる。
「ん?　かーくんなんか顔赤いよ。どうしたの?」
　いや、お前のせいだよ。
　ったく、人の気も知らないで。
「き、気のせいだろ……」
「そお?」
　りぃは俺の気持ちなんておそらく、1ミリも気づいていないだろう。

こんな感じで、マイペースで鈍感な彼女に、俺は何年も振り回されっぱなしだ。


　——ダンッ‼
「一本ッ！」
「「きゃあああ～っ！」」
　俺が相手に払い腰を決めると同時に、うるさいほどの女子の歓声が道場に響き渡る。
　柔道着を整え、黒帯を固く結び直して一礼すると、同じく柔道着に身を包んだ親友のカイが近寄ってきた。
「よっ、色男！」
　今は執事科の武道の選択授業の最中で、俺は柔道を選択している。
　子どもの頃から親父にずっと柔道を仕込まれてきたから、選択種目では迷わずこれを選んだ。
「何がだよ。っつーか、なんでこんなに女子がいるんだ？」
「あぁ、なんか今日も家庭科の調理実習が早く終わったからって、見学に来たらしいぜ？　みんなお前目当てで」
「はぁっ？」
　男子が武道の授業をやってる間、いつも執事科のメイドの女子たちは家庭科の授業を受けている。
　課題の料理を作り終えたらあとは自由時間という謎のルールがあるため、早く終わった女子がたまにこうして見学に来たりする。
　俺的には迷惑なだけだけど。

今日も見た限り、ざっと10人はいるみたいだし、何がうれしくてこんな汗臭い場所に来るんだかわからない。
「みんなお前に寝技かけられたいから来たんじゃねーの？　相手してやれば？」
「……ふざけんな」
　カイはまたふざけたことばっか言ってやがるし、なんかやけにうれしそうにしてる。
　だったら女子と戯れるのが好きなお前が相手してやれよって思う。
「「神楽く〜ん！」」
　そんな時、ちょうど試合を終えたタイミングを見計らって、俺のもとに女子が数人集まってきた。
　みんな、手に作りたてのお菓子が入った袋を持っている。
　そして何を思ったのか、いっせいにそれを差しだしてきて。
「「これ、差し入れなの！　受け取ってっ！」」
　全員が声をそろえて言うもんだから、その勢いにある意味恐怖を感じた。
「いや……俺、甘いもの苦手だし、遠慮しとく」
　もちろん、受け取れないからすぐに断ったけど。
「そ、そっかぁ。ごめんね」
「次の試合もがんばってね」
　そのまま残念そうな表情で去っていく女子たち。
　そしたら横からカイが、すかさずつっこんできた。
「相変わらず冷たいね〜」

「うるせぇ。欲しいならお前がもらってやれよ」
「俺がもらっても意味ねぇだろー。ったく、モテる奴はいいよな〜」

　なんてカイは言うけど、正直女子にモテたって、俺は全然うれしくない。

　むしろ、うっとうしくて迷惑なだけだ。

　そんな思いから、俺が今まで女子の告白を断りまくっていたところ、しまいには変なウワサを立てられてしまっていた。

　篠崎は理想が高すぎるだの、メイドとは付き合わない主義だの、経験豊富だからそこらへんの女は相手にしないだの。

　勝手なことを言いたい放題もいいところだ。

　ぶっちゃけ俺は今まで、誰とも付き合ったことなんかないから、経験豊富でもなんでもない。

　周りはそれを何か勘違いしてるみたいなんだよな。

　好きでもない女と興味本位で付き合うなんて、できるわけがないし、恋愛経験を積みたいともべつに思わない。

　興味のない女にちやほやされたって、なんの意味もない。

　俺にとって、興味があるのは結局のところ、ひとりだけだ。

　それも、無謀すぎる片思い。

　さすがにこの気持ちは、カイにも打ち明けられない。

　武道の授業を終えて道場から外に出ると、特別科の生徒

たちが何人も体操服姿で歩いていた。
　今からグラウンドで体育の授業らしい。
　こういう時、俺はいつも無意識にりぃの姿を探してしまう。
　必ずしも、いるとは限らないのに。
　だけど、そこにいたのは偶然にもりぃのクラスの生徒たちだったらしく、華やかで目立つ彼女はすぐに見つかった。
　体育だけは大好きなりぃだから、すげぇはりきった表情をしてるのがわかる。
　俺は道着を肩に背負いながら、その姿を遠目に見ていた。
　すると、隣にいるカイもそれに気づいたらしく。
「あ、レミお嬢だ。やべぇ……」
　りぃの隣を歩いていたレミ様を見つけて、身を隠すように俺の背後に回った。
「なんで隠れるんだよ？」
　俺が尋ねると、カイは困ったように眉をひそめる。
「だって最近レミお嬢、俺に当たり強いんだよ」
「それはお前が何かやらかしたからじゃないの？」
「えーっ！　そんな。俺、なんかやったっけ？　……あっ、でもこの前うっかり着替えてるとき部屋に入っちまって、下着姿見て、すげー怒られたかも」
「それじゃねぇの」
「うぅ、そうかもしれない。あーあ、お前は梨々香様と仲良しだからいいよな～。俺なんか完全に奴隷扱いだぜ」
「……ぶっ。奴隷ってお前」

カイの発言を聞いて、思わず笑ってしまいそうになる。

たしかにカイは、気が優しくていい奴だけど、けっこう天然で抜けてるところがあるから、いつもレミ様に怒られてばかりだ。

そのせいか、いつもレミ様を見つけると、こんなふうに隠れようとしたりする。

でも、レミ様は逆にしっかりしてて面倒見のいいタイプだから、バランスが取れていてちょうどいいのかもしれないとも思う。

本人たちは、なんだかんだ仲がいいみたいだし。

だけどそんな雑談をしてたら、りぃとレミ様のところに誰かが近づいてきた。

執事科の制服を着てる男だ。

ここからは距離があるから、人物まで特定できない。

誰だアイツ？

りぃはその男と顔を合わせると、なにやら楽しそうに話しはじめる。

少しやきもきした気持ちでそれを見ていたら、カイがうしろからボソッとつぶやいた。

「あ、誰か来た。って、あれお前の従兄弟じゃん？」

……ああ、やっぱり。

あのうしろ姿は、父方の従兄弟の紫苑だ。

紫苑は執事科の３年生で、同じく西園寺家に仕える身だが、俺は昔からアイツが少し気に食わない。

べつに悪い奴ではないし、仲が悪いわけでもないが、りぃ

がやたらとアイツになついているので、あのふたりが話してるのを見るたび、イラッとしてしまう。
　素直に言えば、ただのくだらねぇ嫉妬だけど。
「それにしても、神楽の親戚ってみんなイケメンだよなー。頭いいし。その遺伝子わけてくれよ。俺もお前くらい優秀だったらレミお嬢に怒られないのになー」
　そうカイは情けないことを言う。
　続けて何かペラペラしゃべってたけど、俺の耳にその言葉はほとんど入ってこなかった。
　紫苑と楽しそうに笑うりぃの表情を見てたら、すごく悔しい気持ちになって。
　ガキっぽいよな、俺も。
　だけどそのせいなのか、だんだんとマジで気分が悪くなってきて。しまいには頭痛がしてきた。
　体も重たくて、ダルいような気がする。
　なんなんだ、急に。
「おい、どうした神楽。なんか急に顔色悪くなってないか？」
　カイが気づいて、俺の顔をのぞきこんでくる。
「……まさか。大丈夫だよ」
　だけど、俺はただテンションが下がっただけのことだと思って、気にせずにそのまま教室へと戻った。


「おかえりなさいませ！　ご主人様」
「おかえりなさいませ！」
　りぃの父親、兼仁おじさんの帰宅が告げられると、いっ

せいに執事やメイドたちが門の前に集まってくる。
　忙しくて基本的に昼間は家にいない人なので、今日は珍しく早めの帰宅だった。
「おかえりなさいませ、ご主人様」
　自分もその列に並んで、しっかりと頭を下げる。
　兼仁おじさんは見た目は恐そうだが意外に茶目っ気たっぷりなので、「やぁやぁ、おつかれ」なんて上機嫌で手を振りながら、俺たちの前を通りすぎていった。
　そして、そのすぐうしろをついて歩くのが俺の親父だ。
　親父の辰馬は、かれこれ20年以上、りぃの父親に仕えている。
　その姿は執事というよりはもう、兼仁おじさんの片腕であり、社長秘書だ。
　親父の執事服姿なんて、もう何年も見ていない。
　いつも黒いスーツに身を包み、おじさんのそばにいる。
　代々執事として身の回りの世話をしてきた篠崎家としては、異例の出世といえるだろう。
　俺はそんな親父に憧れて、自分もあんなふうになりたいとひそかに思っていた。
　武道の授業のあと、俺はなんとなく不調を感じながらもいつもどおり、りぃと歩いて帰宅して、それから執事服に着替えて仕事に戻った。
　親父たちの姿を見送ったあとは、りぃの部屋へと急ぐ。
　そろそろバイオリンのレッスンが終わる頃だから、次はマチコ先生との勉強の時間だ。

りぃも忙しいけど、俺も何かと忙しい。
　次々と厳密なスケジュールどおりに予定をこなさないといけないので、日々あちこち走り回っている。
　彼女を迎えにいこうと、いつもどおり階段を早歩きでのぼっていたら、なぜかだんだんと息切れしてきて、しまいには苦しくなってきた。
　なんだろう、やっぱり今日はおかしいな。
　やけに体力がもたない。体も何だかダルいし。
　――コンコン。
　りぃの部屋の前に着くと同時に、ドアをノックする。
「はーい！」
　すると、すぐに元気な返事がして、彼女が迎えてくれた。
　だけど俺の姿を見たとたん、驚いた顔をするりぃ。
「……ちょっ！　かーくん、どうしたの!?」
　同時にいきなり額に手を当てられる。
「どうって、べつに……。どうもしてないけど」
「何言ってるの！　っていうか、かーくん熱あるじゃん！」
「はっ？」
　熱？　ウソだろ。
「息も荒いし、なんか変だと思ったら。ほら、こっち来て！　寝てなくちゃ！」
「……ちょっ、おいっ」
　りぃにグイグイと引っぱられて、そのまま彼女の部屋のベッドに無理やり押し倒される。
　俺はすでに半分意識が朦朧としていて、わけがわからな

くて、もはや抵抗する力も湧いてこなかった。
「待っててね、ドクター呼んでくるから！」
　りぃはそう告げると、急いで部屋を出ていく。
　そこで初めて少し冷静になった。
　なんだ俺、体調悪かったのか。
　どうりでなんか体が変だと……。
　我ながら情けないな。
　だんだんと目の前が暗くなってきて、眠気に吸い込まれるようにして目を閉じる。
　りぃのベッドは、彼女の匂いがして。
　俺はそれに妙に安心感を覚えながら、いつの間にか眠りに落ちていた。


「おはよ。気分はどう？」
「……えっ？」
　紫苑の声にハッとして目が覚める。
　気がついたらもう朝だったらしく、俺はいつの間にか自宅の自分のベッドに横たわっていた。
「あれ？　俺、なんでここに……」
「神楽、昨日高熱で倒れたから、辰馬おじさんがここに運んでくれたんだ。梨々香様の部屋でしばらく寝てたんだよ。覚えてない？」
「あぁ」
　そう言われて、昨日のことを思い出す。
　そうか。俺はあのまま、りぃのベッドで寝てたのか。

でもまさか、運ばれていた間も、翌朝までずっと起きないとか、どんだけ寝てたんだよ。
　むくっとベッドから体を起こす。
　だけど、頭がガンガンして、とてもすぐ立ち上がれそうにはなかった。
　すると紫苑がそんな俺を止めるかのように、手で制止するポーズをとる。
「あぁ、無理すんなよ。今日はお前は休んでいいから。いつも働きすぎだから、たまにはゆっくりしてなよ」
　笑顔でそう言われたけれど、俺としてはそういうわけにもいかない。
「……でも、りぃは？」
　りぃの世話は誰がするんだよ。
　そう思って尋ねたら、紫苑はニッコリと笑った。
「大丈夫。それは僕にまかせてよ。神楽の代わりは僕がしっかり務めます」
「はっ……」
「それとも何、僕じゃ不安？」
　やけにうれしそうに告げるその顔が、なんだかムカつく。
　だけど、正直この体で無理して動き回れるとも思えなかった。
　クソ、一番嫌な展開じゃねぇかよ……。
「紫苑、絶対目を離すなよ。ちゃんと見てなきゃダメだからな。りぃは」
「あーあー、わかってるって。ホント神楽は心配性だな。

僕だって一応柔道黒帯だし、いざとなればちゃんと守れるから」
「ホントかよ」
「ホントだって。それに昔からお前が体調崩した時は、僕が代わりに担当してるじゃん。いつものことでしょ。何がそんなに心配なの？」
「う……っ」
　そう言われて言葉に詰まる。
　たしかに、一日交代したくらいで、何かがあるわけじゃない。
　でも俺は、一日たりともこのポジションを誰かに譲りたくなかった。
　ましてや紫苑になんて。
　りぃのことを甘やかすのは目に見えてる。
「……いいけど、ちゃんとやれよ」
　しかしながら、結局自分は何もできないので、代わりにやってもらうしかない。
　渋々了承したら、紫苑はまたクスクス笑った。
「大丈夫大丈夫。だから神楽もちゃんと休むんだよ。それじゃ、そろそろ学校の時間だから、僕は梨々香様を迎えにいかないと」
「あぁ、じゃあな」
「お大事にね」
　そのまま部屋を出ていく紫苑の背中を見送る。
　ひとり部屋に取り残されて、思わずため息が出た。

再びベッドに横になると、また激しい頭痛に襲われる。
情けない。ふがいない。
まさか急にこんな熱でぶっ倒れるなんて、ダッセーな、俺。
りぃは今頃どうしてるんだろう。
そんなことを思いながらまた目を閉じたら、そのまま意識が薄れていった。

午後になるとだいぶ熱が下がり、薬を飲んでそれが効いたのか、体調もずいぶんマシになってきた。
学校のない一日はヒマだ。
ましてや執事の仕事も休みで寝てばかりとか、体がなまってしまいそうで嫌になる。
普段からいつも忙しくしてる俺は、時間が空いてしまうのが性に合わなくて、落ち着かない気持ちで仕方なく本をずっと読んでいた。
さっきまで何時間も寝てたから、さすがにもう眠れない。
サイドテーブルに積み上げた本を片っ端から読んでいく。
幸い読書は好きなので、なんとか時間をやり過ごせた。
だけど活字を追っていても、ふとした瞬間に、考える。
りぃは今日どうしてるんだろう、とか。
口うるさい俺がいなくて逆に楽だったかもしれない。
俺は一日でもりぃと離れたくないのに、りぃはべつにそんなことは思わないんだろうな。

そう思うと、すごく虚しい気持ちになる。
　一方通行の思いは結局行き場がなくなって、自分の中に閉じ込めるだけだ。
　どんなに努力をしたところで、この距離は埋められない。
　身分の違いなんて、どうにもできるわけがない。
　わかっていても、どうしても、あきらめがつかない自分がいる。
　本棚にズラリと並ぶ、経営学や経済学の本。
　これらを学ぼうと思ったのも全部、りぃにふさわしい男になりたいと思ったから。
　たくさん勉強して、立派になって、いつかりぃの親父に認めてもらえるようになりたい。
　無謀だとは思うけれど、どこかでそんな願いを抱き、いまだに捨てられなかった。
　２時間ほど続けて本を読んでいたら、だんだんと目が疲れてくる。
　また少し熱が上がってきたような気がしたので、もう一度ベッドに横になった。
　この風邪、明日には治るのか？
　明日も一日中寝てるとか、マジ勘弁だな。
　そんなふうに、モヤモヤした気持ちを抱えていたその時。
　——ガチャッ。
　ノックもなく突然ドアが開いて、俺はドキッとした。
　……誰だ？
　そろそろ学校が終わる時間だから、紫苑が帰ってきたの

か?
　ぼんやりした頭でそんなことを考える。
「かーくん!」
　だけどその声を聞いて、俺は反射的にガバッと起き上がった。
「りぃ?」
「あっ、かーくんダメッ!　起きたら!　っていうか、起きてたの?」
　りぃは学校から帰ってそのまま来たのか、制服姿でカバンも手にしたままだ。
　まさか、まっ先に俺の部屋に寄ってくれるとは思わなかった。
　そんな驚きを隠しながら、俺は口を開く。
「あぁ。もういっぱい寝たしな。それより、紫苑は?　一緒じゃなかったのか?」
「紫苑なら花の水やりだよ。今日はピアノのレッスンないからさ、ちょうどよかった。かーくんにいいもの買ってきたの!」
「え?」
　いいもの?
　りぃはそう言うと、ニコニコしながら何かの包みを俺に差しだす。
「はい」
　受け取ったそれは、『ハイパー元気ドリンク』とかいう怪しい名前の栄養ドリンクだった。

「……なんだこれ？」
「これね、友達のパパの会社が作ってるものらしいんだけど、風邪の時に飲むとすごく元気になるんだって！　あとね、これもあげる！」
　さらに彼女はルーズリーフで折って作った小さな封筒のようなものを俺に手渡して。
「これは、かーくんが元気になるように作ったお守りだよ」
「お守り？」
　それを見て、りぃは相変わらずだなと思う。
　授業聞かないでこんなもん作ってたのかよ。バカだな。
　だけど、思わず頬(ほお)がゆるむ。
　俺のことなんて忘れて過ごしてると思ったのに、実は心配してくれてたんだと思ったら、たまらなくうれしくなった。
　ルーズリーフのお守りには、りぃの下手くそな字で「元気守　かーくん専用」と書いてある。
　子どもみたいな発想が、りぃらしい。
「……バカ。授業中に何やってんだよ」
「だって、かーくんが心配で」
「大丈夫だよ。もうだいぶ元気になったし」
　俺がそう答えると、ぱぁっと目を輝かせるりぃ。
「ほんと!?」
　そんな彼女がかわいくて、俺自身もいつもよりちょっとだけ素直になってみた。
「うん。今のでまた元気出た」

「えっ！　お守り効果？」
「さぁな。きっとりぃの元気がうつったんじゃねぇの」
「わぁ、よかった～！」
　そんなふうにうれしそうな笑顔を見せられると、衝動的に抱きしめたくなる。
　なんでそんなに喜んでんだよ。
「つーか、どうだった？　今日」
「えっ、今日って？」
　冷静さを取り戻して、さりげなく尋ねてみる。
「今日は一日紫苑と一緒だったから、楽だっただろ」
「えっ？」
「アイツ優しいし、俺みたいに口うるさくねぇし」
　俺がそう言うと、りぃはきょとんとした顔をする。
　だけど、すぐにあははと笑いだした。
「まぁねー。っていうか、かーくん、自分が口うるさいの自覚してるんだ」
「……まぁな」
「でもね、なんか変な感じだった」
「え？」
「やっぱりちょっと、寂しいっていうか……。張り合いがないって言ったら変だけど、なんか調子狂うかも」
　意外な発言に驚く。
　寂しいって、マジかよ。
「やっぱり私はかーくんがいいなって、思っちゃった。いつもの調子が出ないもん。だから早く元気になってよ」

りぃがベッドのすぐ横に座る。
そして俺の手に、自分の手を重ねて。
「早く、かーくんと一緒に学校行きたい」
そう言われた瞬間、俺は無意識のうちに体が動いてしまった。
「……っ、バカ」
あふれだす感情を、コントロールできなくて。
気がついたら思いきりぎゅっと、りぃのことを抱きしめていた。
「……ちょっ、かーくん!? ど、どうしたのっ?」
もう無理だ。
愛しくて、どうしようもない。
それでも自分の気持ちを押し殺すように口を開いた。
「まだ熱が、あんだよ……」
「へっ?」
「ちょっとフラついただけだ」
言い訳にしてはめちゃくちゃなことを言って、ごまかしたけれど。
「そ、そっかぁ……」
それで納得する彼女は、やっぱり鈍いのかもしれない。
「なぁ、りぃ」
「ん?」
「しばらくこうしていい?」
離したくない。今だけは。
すると、りぃはすぐにうなずいて。

「うん、いいよ。そのかわり、早く元気になってね」
　ふふっと笑いながら、俺の背中に手を伸ばすと、ナデナデとさすってきた。
　彼女の細い体を抱きしめながら思う。
　やっぱり俺は、りぃが好きだ。
　報(むく)われない恋だろうが、なんだろうが、この気持ちは一生消える気がしない──。

## 彼氏にするなら御曹司？

　ある晩、パパとママと久しぶりに家族団らんしていた時のこと。
　唐突（とうとつ）に、パパにこんな質問をされた。
「ところで梨々香、今好きな男はいるのか？」
「へっ!?」
　過保護（かほご）なパパは、ふだんから私に男子を近づけたがらないから、そんなことを聞いてくるなんて意外すぎて、ビックリした。
「す、好きな人？　とくにいないけど……」
「そうか。いやな、梨々香も年頃だからな、そろそろ彼氏のひとりくらいできる頃かと思ってな。あんまり変な男と付き合ってもらっては困るし。彼氏を作るなとまでは言わないが、相手はちゃんと選ぶんだぞ」
「はぁーい……」
　なんだ、またその話か。
　昔からパパは口うるさく言うんだよね。
　結婚するならどこかの御曹司とじゃなきゃ許さない。ワシが認めた相手じゃないとって。
　パパが認めるような相手って、一体どんな人なんだろう。
「まぁ、また好きな人ができたら報告しなさい」
「えーっ！」
　それだけ告げるとその場を去っていったけど、正直なと

ころ私は好きな人ができても、パパにはあまり知らせたくないなって思った。
　パパはいちいちうるさそうだからなぁ。
　すると、私たちの様子を見ていたママが、クスクス笑いだして。
「もうパパったら、ほんとに心配性で困るわ〜。いいのよ〜、気にしなくたって。パパの意見なんか無視(むし)して、あなたは好きな人と付き合えばいいのよ」
「ママ！」
　ママは理解のある人だから、いつも私の気持ちを尊重(そんちょう)して、さらりとフォローしてくれる。
「ママはね、梨々香には本当に好きだって思える人と結婚してほしいの。たとえそれがどこかの御曹司じゃなくても、どんな家柄の相手でもかまわないわ。本当に梨々香のことを愛してくれて、大切にしてくれる人を選びなさいね」
「うんっ！　ママありがとう！」
　そう言われて、たしかにそのとおりだなって思う。
　私だって結婚するならもちろん、好きな人としたいし、好きでもない人と無理やり結婚させられるなんて嫌だ。
　パパにすすめられた人とお見合いして交際するとかではなくて、普通に恋愛したいなぁ。
　って、そんなことを思っていても、まだちゃんと誰かと付き合ったことがないし、好きな人ができたこともないけど……。
　恋をするって、どんな感じなのかな？

「ねぇママ、恋って突然落ちるものなの？」
　私がふいに尋ねると、ママは微笑みながら優しく答える。
「そうよ。というより、気づかないうちに好きになっていたりするものなのよ」
　気づかないうちに、かぁ。
「へぇ〜。私にもいつか、そういう相手が現れるのかなぁ」
　全然想像がつかないや。
　すると、ママは急にまた笑いだして。
「ふふふ。あのね、そういう相手って、案外身近にいるものなのよ」
「身近に？」
「そうよ。梨々香ももっと、周りをちゃんと見回してみなさい」
「う、うん」
　周りをっていってもなぁ……。
　でも、身近にいるだなんて、だったら実はもう出会ってるとか？
　そんなふうにビビッとくるような出会いなんて、今まで経験なかったけどね。
「梨々香は身近に素敵だなぁって思う男の子、ひとりも思い当たらないの？」
　そう言われて考える。素敵な男の子……。
　どうだろう。いるかなぁ？


　お昼休み、学食でお昼を食べて、パウダールームでメイ

クを直したあと、私はいつものようにレミの席に向かった。
　レミの席は窓際の一番うしろ。大きな窓から外がよく見渡せる。
「やっほー、レミ」
「あ、梨々香」
「どうしたの？　窓の外なんか見て」
　レミはなぜだかずっと窓の外の様子を見てる。
　何かと思って自分も隣に立って眺めてみたら、グラウンドにポツポツと体操服姿の生徒たちが集まってきているところだった。
　そろそろ昼休みも終わって、5時間目がはじまる時間だ。
「なんかね、今から執事科が体育みたいだから」
「へぇーっ。いいなぁ、体育。私もやりたい。いっそのこと、時間割全部体育でもいいのに」
「ぶっ！　それは梨々香だけでしょ。たまには頭の運動もしなさいよ」
「ちょっ、かーくんみたいなこと言わないでよ〜！」
　レミの前では、かーくんのことをかーくんって言っちゃう。
　彼女は私とかーくんが幼なじみで仲良しなのも知ってるし、なんでも話せる仲だから。
「って、ウワサをすれば来たわよ、神楽くん。体操服姿もカッコいいわぁ〜」
「あ、ほんとだ」
　レミは相変わらずかーくんが大好きみたいで、かーくん

の姿を見つけるたび大喜びしている。
　執事科と特別科は授業カリキュラムはあまり関わりがないから、こうして体操服姿のかーくんを見られるのは少しレアな機会だったりする。
「今からサッカーかなぁ。プレーしてるとこ見たい〜」
　レミは窓から外に釘付け。
「でも５時間目って確か、教室移動じゃなかったっけ？」
「そうなのよ。見れないじゃん！　あーあ……」
　レミはかなり残念そうにしてるけど、５時間目は化学の実験だから、そろそろ理科室に移動しなくちゃ。
「渡り廊下からまた見られるかもよ。早く行ってみよう！」
「そうね」
　レミをそう説得して、一緒に理科室へと向かった。
「そういえば、神楽くん大丈夫だったの？　熱出したって言ってたけど」
　移動中、レミに尋ねられる。
　かーくんは先日高熱で倒れたばかりで、何気に病み上がりだ。
　あの時は一日休んだらすっかり元気になったみたいだけど。
「うん、もう元気だよ。あのユリに教えてもらった元気ドリンクが効いたみたい」
「……ぶっ。ユリおすすめのドリンクって。あれ、ホントに飲ませたの？」
「うん。だって効果抜群だって言うからさ」

「なんか怪しい見た目だったけどね」
「えーっ、でもけっこう高かったんだよ？　絶対あれが効いたんだって」
「そうなのー？　まぁ元気になったならよかったけどさ。梨々香寂しそうだったもんね〜。神楽くんが休んだ日」
「えっ」

　そう指摘されて思い出す。

　たしかに、かーくんのいない一日はなんか違和感があって変な感じだった。

　紫苑が送り迎えとかも全部代わってくれたけど、なんか物足りなかったというか。

　いつものくだらない言い争いができないのが妙に寂しくて、かーくんのことが恋しくなっちゃったんだ。

「だってなんか私、かーくんとは子どもの頃から毎日ずっと一緒だったからさぁ。かーくんがいないと調子が出ないっていうか……」
「ふーん。つまり、神楽くんは梨々香にとって必要不可欠な存在なわけね」
「……えっ。ま、まぁ、そうなのかなぁ」

　言われてみればそうなのかもしれない。

「いっそのこと、そのまま結婚しちゃえばぁ？」
「はぁぁ!?　結婚!?」

　待って待って！　レミったら、何をいきなり言いだすの。

「そ、それはありえないでしょ！　かーくんと私はそういう関係じゃないよ！　第一、執事と結婚する令嬢なんてい

ないから！」
「わかんないよ〜？」
　驚きのあまり私が全力否定しても、レミはなぜかニヤニヤしてる。
　たぶん、レミはかーくんをこの上なくイイ男だと思ってるから、そんなとんでもない冗談(じょうだん)を言うんだろう。
　でも、どんなにかーくんがイイ男でも、私たちはそういう関係にはなれない。
　かーくんだって、私のことは恋愛対象だと思ってないはずだし、ましてや結婚なんて最初から無理だ。
　いつかきっと、それぞれに恋愛をして、それぞれ好きな人と結婚するんだ。
　私の思いはよそに、レミは続ける。
「私は神楽くんは、執事にしておくにはもったいない男だと思うけどね」
「うーん……」
　まぁ、それは言えてるかもしれないけど。
　だけどそんな話をしていたら、いつの間にか渡り廊下まで到着していた。
　そこからグラウンドを見ると、たくさんの執事科の生徒が集まっていて、サッカーボールを蹴ったり走ったりして遊んでる。
　だけど、ここからだと思った以上に距離があったので、誰が誰かはよくわからなかった。
　これじゃ、教室から見たほうがずっと見やすかったな。

「何これ〜っ。全然見えないし〜！」
　レミがぷぅっと頰をふくらませる。
　残念ながら、今日はもう見学はあきらめたほうがいいみたい。そう思った時だった。
「「きゃあぁ〜っ‼」」
　急に背後から女子たちの歓声が聞こえてきて。
　何事かと思ってレミと振り返ると、そこにはすごくスタイルのいい美男子ひとりと、それを取り囲む女子の集団がいた。
　何これ、なんのハーレム？
　でもこの人のこと、私、知ってるかも。
　確かあれだ。隣のB組の……。
「二階堂く〜ん！　私にも見せて！」
「私もその写真見たい‼」
　そう、二階堂くんだ。
　うちの学年、いや学校で知らない人はいないっていうくらいの有名人。
　日本を代表する大企業、二階堂グループの御曹司で、超がつくお金持ちなうえに、イケメン。
　女子たちはみんな、彼に見初められたいと思ってるみたい。
「やだ、二階堂くんじゃない。B組も教室移動なの？　それにしても毎回女子に囲まれちゃって、すごいね〜」
　たしかにレミの言うとおり、彼はいつも女子に取り囲まれている。

それでも嫌な顔や、困った顔なんかしなくて、いつもニコニコしてて、爽やかな印象。
　ふるまいも、王子様みたいで、性格も悪くはなさそう。
「御曹司だし、イケメンだし、頭もいいし、ああいう人と付き合えたら最高なんだろうけど、私じゃとてもじゃないけど近寄れないわ～。でも梨々香のパパの会社ってたしか、二階堂グループと付き合いあるんじゃなかったっけ？」
「え？」
　そう言われてポカンとしてしまった。
　そうなの？
　実は私、パパの会社のこと、全然よくわかってないんだよね。
　会社のパーティーとかイベントに呼ばれて出席することはたまにあるけど、誰が誰だかいまいちよくわからないし、とりあえずいつもニコニコ笑ってるだけ。
　こんな感じだから、将来もしパパの跡を継ぐことになったりしたら、どうしようかと思う。
「ごめん、よく知らないや」
「ウソーッ！　絶対あると思うよ！　西園寺グループと二階堂グループといえば二大大手じゃない。将来二階堂くんと梨々香が結婚して、経営統合なんてこともあったりして」
「えぇーっ!?」
　何それっ！　まさか！
　っていうかそれって、政略結婚じゃない！
「それはないよ～！　私、まともに話したこともないし」

たしかに二階堂くんはすごくハイスペック男子だってことはわかるけど、そんな親同士の都合で結婚とか嫌だよ。
　二階堂くんだって嫌でしょ。
「わかんないよ〜?　梨々香のパパのことだからあり得るかも」
　でもレミにそう指摘されて、たしかにそれもあり得ない話じゃないかも、なんて一瞬思ってしまった。
　政略結婚か……。うちのパパなら言いだしかねないわ。

　——キーンコーン。
　5時間目の科学の授業が終わると、教室へ戻るため、レミと一緒に理科室を出た。
「ごめんっ!　私ちょっとお手洗い行きたいから先に行ってて!」
　だけどレミはすぐさまトイレに駆け込んでしまったので、私は言われたとおりひとりで先に教室に戻ることにした。
　先ほど通った渡り廊下をまた戻る。
　すると、反対側から教室移動の生徒がぞろぞろとこちらに向かってやってきた。
　ふとグラウンドのほうに目をやると、体育の授業を終えた執事科の生徒たちも、ぞろぞろと校舎へと戻っていくのが見える。
　かーくん、いるかなぁ。
　だけど、そんなふうによそ見をしていたら、うっかり何

か固いものを足で踏んづけてしまっていた。
　——バキッ！
　同時にすごーく嫌な音がして。
　あ、ヤバッ……。
　恐る恐る足もとを確認してみると、そこには誰かのキーケースが落っこちていた。
　そのキーケースについてたキーホルダーが割れて、マスコットの顔が取れている。
　今の私の一撃で壊してしまったらしい。
　ウ、ウソでしょ……。
「あっちゃー、マジかよ。最悪」
　すると、その持ち主らしき人物の声がして。
　私はドキドキしながらその人の顔を見上げた。
「ごっ、ごめんなさい……」
　相手は男の子で、上履きの色からしてひとつ上の３年生みたい。
　しかも、けっこう派手で怖そうな見た目をしていたから、キレられるんじゃないかと思ってゾッとした。
「あ、あのっ、弁償しますから！　なんなら新しいのを用意しますので……っ」
　だけど私がそう謝っても、その彼はすぐには何も答えず、落ちたキーケースとマスコットの顔を拾い上げると、私に向かって距離を縮めてくる。
　そして私の顔を上からじっとのぞきこむと。
「コレねぇ、限定の非売品なんだよ」

「……えっ!」
　そう言われて、一瞬頭がまっ白になった。
　ひ、非売品!?
　じゃあ、そう簡単には手に入らないじゃない。
　あ、でもネットで探せば何とか入手できるかな？
　もしくはパパにお願いして、そのマスコットの会社にもう一度作ってもらうとか？
　って、さすがにそれはできないか。
　どうしよう……。
　そんなことを考えて立ち尽くしていた。
「だからさぁ、もう手に入んないんだよ。つーことで、別の形でおわびしてもらえねぇかな？　キミかわいいし」
「……はい？」
　男はそう言うと急にニヤついた顔を向けて、私の腕をつかむ。
　そしてグイッと自分のほうに引き寄せてきた。
「べ、別の形でっていうのは……」
「デートしてよ」
「えぇっ!?」
　で、デート!?
　そんなおわびの仕方って、あるの？
「こ、困りますっ。そんなの」
　だけど私が断っても、彼は手を離そうとはしない。
　むしろさらに強くぎゅっと握られて。
「なんだよ。自分が悪いんだろ〜？」

じーっとにらみつけてくる。
　たしかに、ぼんやりしていた私が悪い。
　だけど、おわびがデートっていうのは、ちょっとどうかと思う。
　なんとかほかの方法で納得してくれないかな？
　なんて考えてたら。
「もしくは、今ここでチューしてくれてもいいけど？」
　そんなことを言いだした。
「はぁっ!?」
　何この人。とんでもないチャラ男だ。
　いきなりキスしろなんて、そんなこと言う人初めて見た。
「そ、そんなの無理に決まってるでしょ！　離して……っ」
「だったらデートくらいしてくれよ〜。なぁ」
　男はジリジリとさらに顔を近づけてくる。
　本当に最悪。なんでこんなことになっちゃったんだろう。
　だけど、ただのナンパならまだしも、今回は私に非があるから、逃げるわけにもいかないし。どうしよう……。
　どうしたら許してもらえるのかわからないよ。
　そう思ってギュッと唇を噛みしめた時だった。
「うちのお嬢様に、何か？」
　……えっ。
　聞き慣れた声とともに、パシンと男の腕をつかむ音がして。
　ハッとして、うつむいていた顔を上げたら、そこには体操服姿のかーくんが怖い顔をして立っていた。

「ウソ、神楽!?」
　いつの間に……。
　もしかして、グラウンドから駆けつけてきてくれたの？
　男はかーくんの姿を見ると、眉間にしわを寄せる。
「……は？　なんだよお前。一般人は邪魔しないでくんない？」
　その態度はまるで、相手が執事科の生徒だから、バカにしているかのような感じだった。
　特別科と執事科では体操服のデザインが違うため、すぐにわかる。
「手を離していただけませんか」
　かーくんは丁寧に、でも鋭い目つきで告げる。
　あたりに張りつめたような緊張感が流れる。
　すると、男はため息をつきながらしぶしぶ手を離すと、私を指差しながら言った。
「あのなぁ、こいつが俺のキーホルダーを壊したから、今話つけてるとこなんだよ。てめぇは引っ込んでろ」
　だけど、かーくんはそんな男の剣幕に動じることなく、すかさずペコリと頭を下げた。
「そうですか。それは大変失礼いたしました」
　そして私をかばうように、男と私の間に入ってきたかと思うと、低い声でつぶやく。
「霧島様」
　えっ、霧島？
「霧島コーポレーション代表のご子息、霧島亮平様ですよ

ね?」
「……はっ? そうだけど?」
　いきなり名前が出てきて驚く。
　この人、そういう名前だったんだ。
　でも、かーくんったら、なんで知ってるんだろ?
「私、西園寺家の執事を務めております、篠崎と申します。いつも西園寺グループがお世話になっております」
「えっ……」
　西園寺の名前を聞いたとたん、少し顔色を変えた霧島くん。
「このたびはうちのお嬢様がご迷惑をおかけしたようで、大変申し訳ございませんでした。ぜひとも何かしらの形でおわびをさせていただきたいのですが……」
　かーくんの目つきが再び鋭くなる。
「もし梨々香様にデートを申し込まれるとなりますと、まずはうちのご主人様に話を通さなければなりません。いかがいたしましょうか?」
　え、何それ……。
　それを聞いてちょっとビックリ。
　ご主人様に話って、パパに?
　そんなルールあったの?
　私は状況についていけずに、とまどうばかり。
　すると霧島くんは、なんだか急に気まずそうな表情になって。
　次に、私のほうを見たかと思うと、こう問いただした。

「……っ、西園寺って。アンタ、西園寺のご令嬢だったのかよ」
「え、そうですけど……」
　うなずいたらなぜか、悔しそうに舌打ちをされた。
「チッ。やっぱ、遠慮しとくぜ」
　あれっ？
　どうしたんだろう。急にすんなりあきらめちゃったけど。
　そして、手に持ったキーケースからキーホルダーを外すと、マスコットの頭と一緒にポイッと下に投げ捨てる。
「クソッ、じゃあなっ！」
　そのまま彼は逃げるようにスタスタと去っていってしまった。
　えーっ、ウソ……。
　ポカンとしてその姿を見送る私。
　何だったんだろう、今のやり取りは。
　ふと、かーくんのほうを振り返る。
「な、何、今の。かーくん、なんであの人のこと知ってたの？」
　私がそう尋ねたら、かーくんはサラッと答えた。
「アイツ、前にパーティーで１回だけ会ったことある」
　えっ……。
　すごい。１回会っただけで顔と名前を覚えてたの？
「てか、話通せとか、パパにそんなこと言われてたんだ？」
　気になってたことを聞いてみる。
　そんなことになっていたなんて、ビックリだよ。
「いや、べつに？　とくにそんな決まりないけど」

と、すました顔で言いはなつかーくん。
「へっ!?」
　何それ。じゃあまさか、さっきの発言は……。
「ウソ、だったの？」
「まあ、その場をおさめるためのな」
「えーっ！」
「いいんだよ。霧島コーポレーションは、西園寺グループに取引を引き上げられたらおしまいだからな。下手に西園寺のご令嬢に手を出せる立場じゃない」
「え、何それ。何その上下関係みたいな……」
　というか、そんなの私、全然知らなかった。
　かーくんって、ビジネスの世界のこともよく知ってるんだなぁ。
「だって、ああでも言わねぇと引かねぇだろ。ああいう奴は」
「そ、そっかぁ……」
　そう言われて、かーくんは私を助けるためにとっさに知恵を働かせてくれたんだってわかって、なんだか胸が熱くなった。
　それに、こんな遠くにいた私のことを、グラウンドからよく見つけたなぁって思う。
　ホントに優秀な執事様だよ。
「ありがとう、かーくん。まさか来てくれると思わなかった」
　思わず笑みがこぼれる。
　そしたらかーくんは私の頭にポンと手を置くと、フッと少し呆れたように笑った。

「りぃに変な虫がつかねぇようにするのも、俺の仕事だからな。見逃すわけねぇだろ」
　あらま、何それ。
「ふふ、頼もしい〜っ」
　そう言って笑ったら、そのまま髪をわしゃわしゃとかき乱された。
「バカ、笑ってんじゃねぇ。お前は危なっかしすぎるんだよ」
「きゃーっ！　何すんの！　ていうか、またバカって言った〜！」
　だけど、あらためて思った。
　やっぱり私はかーくんがいないとダメなのかもって。
　昔から、私は何かとピンチに遭遇することが多くて、そのたびに必ずといっていいほどかーくんに助けてもらってるし。
　レミに必要不可欠な存在なんて言われてしまったけど、本当にかーくんのいない生活なんて、考えられないかもしれないな。


　その日の夜、私はパパに突然呼ばれた。
「梨々香、ちょっと来なさい」
　パパの書斎に入ると、何やらワケアリな空気が漂っていて。
　少しドキドキしながらパパに問いかけた。
「話って、何？」
　するとパパは、うーむ、と腕組みをして少し考え込んで。

「実はだな、その……」
　言いだしにくそうに口を開いた。
「ん？」
「お見合い、してみないか？」
「はっ!?」
　それを聞いた瞬間、私は雷が落ちたかのような衝撃を受けた。
　お、お見合いって。冗談でしょ……。
　よりによって、あのパパが？
　昔から私に男を近づけたがらなかった、彼氏ができるのを嫌がっていた、あのパパが。
　まさか、お見合いの話を持ってくるなんて。
「ちょっ、ちょっと待って！　何それ！　いきなりどうしたの!?」
　焦ってパパを問い詰める。
　するとパパは腕を組んだまま、渋い顔で、
「いやな、ワシの友人の頼みなんだ。彼が、自分の息子とお前を会わせたいと言っていてな。べつに必ずしも結婚を前提にとか、そういうわけではない。ただ一緒に食事をするだけでいいそうだ。どうだ。試しに会ってみないか？」
「えぇ～っ！」
　何それ。友達に頼まれたからなの？
　でも私、そんな知らない人といきなり会って食事するとか、嫌だよ。
　そういう形式ばった感じの会食は苦手だし、もし万が一、

交際を申し込まれて断るとかそういうことになったりしたら気まずいし。
　何より、相手の親にも気を遣うし……。
「こ、断るわけにはいかないの？　それ」
　恐る恐る尋ねたら、パパは首を横に振る。
「会うだけでもいいから、会ってみてくれ。お前と同じ学校の同級生だぞ。名前はたしか、二階堂優くんだ」
「えっ!?」
　その名前を聞いて、また驚きの声がもれた。
　二階堂優って……あの二階堂くん!?　うちの学年のアイドル的存在の!?
　レミが言ってたように、パパったら二階堂家と本当に知り合いだったんだ。
　でも、なんで私と……。
「かなり男前で優秀な子らしいじゃないか。ワシは梨々香には、ああいう男と付き合ってもらいたいと思っていたからな。というわけで、来週の土曜、会食の予定を入れたから、空けておくように」
「はあぁっ!?」
　何それ！　っていうか、もう決まってるんじゃない！　強引すぎる！
「いやっ、ちょっと待ってよ！　私、べつにまだ彼氏とか欲しくないし、お見合いなんてしたくないよ！」
　全力で拒否する私。だけどパパは、そんなの聞き入れてくれないようで。

「ほかでもない二階堂くんの頼みなんだ。それに、会えばきっと梨々香も気に入るから大丈夫だ。おっと、すまん。電話だ。もう行っていいぞ」
「ちょっ、パパ!?」
　ウソでしょ……。
　無理やりにもほどがあるよ。
　でも、あのパパが断れないくらいだから、二階堂家との付き合いは、パパにとってもすごく重要ってことなのかな？
　今までにも紹介してほしいっていう依頼はあったけど、すべて断っていたのに。
　二階堂くん……悪い人じゃなさそうだけど、彼のことよく知らないし、親同士が勝手に決めたお見合いなんて受ける気にならないよ。
　彼って、とくに女の子に不自由してなさそうだから、向こうから断ってくれないかな？
　急に自分の将来が不安でたまらなくなる。
　私、このまま一生、自由な恋愛なんてできないのかな？
　ときめきも、ドキドキも、何も知らないまま誰かと無理やり結婚させられるの？
　そんなの絶対に嫌だよ。私だって普通に恋がしたい。
　パパが選んだ相手なんかじゃなくて。
　自分が心から好きだって思える人と、幸せな恋がしたいよ。

## 二階堂くんの本性

「ちょっ！　ウソッ！　お見合いって……」
「シーッ！　シーシーシー！　大きな声で言わないでっ！」
　興奮(こうふん)して声を高めるレミをなだめる。
「でもさぁ、それ、私の予想どおりじゃん。ていうか、うらやましいわ。相手が二階堂くんなら」
「全然、うらやましくなんかないよっ！　だったら代わってよ〜！」
　パパからお見合いの話を持ちだされた翌日。学校でレミにそのことを話したら、驚いてはいたけれど、私の気持ちに反してうらやましがられてしまった。
　私としてはまったくうれしくないから、むしろ代わってあげたいくらい。
　代わりにレミを紹介してみようかな、なんて。ダメかな？
「まさか本当にお見合いすることになっちゃうとはね。ってことは、向こうは乗り気なの？」
「それはどうなんだろう。向こうも親が勝手に決めたみたいだから。本人がお見合いしたいと思っているかどうかは、よくわからないの。しかも、もうすでに料亭を押さえてあるとか言うからさぁ」
　本当にパパったら、思い立ったら即行動というか、なんというか。
　まさか、そこまで決定事項だとは思わなかったよ。

「それはもう、逃げられないね」
「うん……」
「でも二階堂くん、話してみたら気が合うかもよ？ スペック的には文句なしのパーフェクト美男子なわけだし、これで本当にお互い気に入って恋に落ちたら最高じゃない」
　う～ん……。
　レミに言われて頭を抱える私。
「とは言ってもねぇ。二階堂くん、いつも女子に囲まれてるし、わざわざ私とお見合いしなくても、女の子には困らないんじゃないのかな？」
　私がそう問いかけたら、レミは急に何か思い出したように、ボソッと声をひそめた。
「……でもね、彼のウワサ知ってる？」
「えっ、何？ ウワサなんてあるの？」
「彼、今まであらゆる人物からの告白をすべて断ってきたらしいのよ。なかには女優の卵とか、モデルとか、議員の娘とか、いろいろいたみたいなんだけど。それを全部断っちゃうって、すごくない？」
　え、そうなの？
「え～っ、でも、いつも女子にニコニコファンサービスしてるじゃない」
「あれはただ、表面だけよ。実際は誰とも付き合わないし、相手にしないの。もしかしてまったく女性に興味がないんじゃないかとか、実はゲイなんじゃないかって陰で言われてるくらいなのよ」

「そうなんだ……」
　なんかそれってまるで、かーくんみたいだ。
　かーくんもそんな感じだなぁ。
　メイドちゃんたちからの告白をすべて断ってるみたいだし。
「不思議よねぇ。あんなイケメン、普通だったら彼女のひとりくらいいてもおかしくないのに。だから私、今回二階堂くんがお見合いにOKしたのはすごいことだと思うの」
「えっ？　どういう意味？」
「だって、今までどんな女の子も相手にしなかった彼が、梨々香とならお見合いする気になったわけでしょ？　すごくない？」
　……たしかに。言われてみればそうかもしれないけど。
「でも、それって、ただ親に言われて断れなかったんじゃなくて？」
　実際は、私みたいな感じなんじゃないかなぁ。
「いやいや、絶対梨々香に興味があるのよ。そうに決まってるって！」
　自信満々にそう断言するレミに、私は困惑してしまう。
「え〜っ……」
「だから報告、楽しみに待ってるわよ〜」
　レミはなんだか楽しそう。
　もし彼女が言うように、本当に興味をもたれちゃったんだとしたら、ますます不安だなぁ。
　でもべつに、だからって彼に気に入られるとは限らない

よね。
　私、あまり女の子らしいタイプじゃないし、ほかの特別科の子たちに比べたら、お嬢様っぽくないし。
　二階堂くんみたいな人はきっと目が肥えてるから、私なんか選ばないはずだよ。うん。
　自分自身を無理やり納得させるように、心の中で言い聞かせた。
　とりあえず一度食事するだけだし、あまり深く考えないでおこう。

　そしてやってきた、お見合い当日。
「じゃーんっ！　どう？　似合う？」
　このために買ったばかりの振袖を着付けてもらい、少しウキウキした気持ちでかーくんのほうを振り返る。
　だけど、彼はこちらをじっと見ると、ニコリともせずに。
「……お似合いですよ」
　感情のないロボットみたいな口調でそう告げると、またすぐにそっぽを向いた。
　なんだろうさっきから。
　というか、ここ数日かーくんはずっとこんな感じで機嫌が悪い。
　常にぶすっとした顔で、まったく笑わないし、ため息ばかりついている。
　私はべつに何かした覚えはないんだけど、尋ねても教えてくれないし、どうしたのかな？

「ねぇっ、本当にそう思ってる？　この着物ママと一緒に選んだんだけど、かわいくない？　なんか言ってよ〜」
　あまりにも反応が薄いので、しつこくそう聞いたら、かーくんはぶすっとしたまま答えた。
「はいはい。思ってるよ。つーか、なんでお前そんな楽しそうなの？」
　えっ、なんでって。
「だって、振袖なんてめったに着られないからさ。かわいいカッコしたら、普通、テンション上がるでしょ？」
「へぇ。そんなに今日楽しみなんだ」
「え？」
「お見合いって、本気かよ」
　そう口にするかーくんの顔は、なぜか少し悲しそう。
「お、お見合いっていうか、ただ一緒に食事するだけよ。まだ結婚とか付き合うとか、何も決まってないから」
「でも相手、二階堂グループの御曹司なんだろ。兼仁おじさんも気に入ってるみたいだし。付き合おうって言われたらどうすんだよ。付き合うの？」
「なっ……」
　まくしたてるように言われて、思わず言葉に詰まる。
「そ、そんなのまだわかんないよっ」
　そのまま私がうつむくと、かーくんは目の前までやってきて、私のおくれ毛を手ですくいあげた。
「……はぁ。マジやってらんねぇ」
「えっ？」

驚いて見上げると、かーくんの瞳が少し揺れている。
その表情を見たら、思わず胸がズキンと痛くなった。
だって、すごく切なそうな目で私を見てくるから。
どうして、そんな顔するの？
「お前に彼氏ができたら、俺、この仕事やる気なくすんだけど」
えっ！　やる気なくす!?
「……な、なんで？」
私が問いかけると、かーくんは私の頬に片手でそっと触れる。
そして、悔しそうな声でつぶやいた。
「なんのために俺が今まで、変な虫がつかねぇよう守ってきたと思ってんだよ」
そう言って私を見つめるまっすぐな視線に、なぜだかわけもなくドキドキする。
鼓動が早くなって、胸が締めつけられるように苦しくなった。
もしかして、最近かーくんが不機嫌だったのは、そのせいなの？
私がお見合いするから。
かーくんは、私がお見合いして誰かと付き合ったりしたら、嫌なのかな？
なんとも表現できない気持ちが胸の中を埋めつくしていく。
でも、それはきっとかーくんが、私の保護者みたいな存

在だからだよね。
　パパが私に彼氏ができたら嫌って思うみたいな。
　私だって、かーくんに彼女ができたらちょっと寂しいかもしれないし。
　きっと、そういう意味で言ってるんだ。
「だ、大丈夫だよっ。私、変な人とは絶対に付き合うつもりないし、今日のお見合いだってパパに無理やり決められたから、仕方なく行くだけで」
　私が答えると、かーくんはさらに顔をしかめる。
「そういう意味じゃねぇよ」
　……えっ？
「じゃあ、どういう意味？」
　尋ねたら、彼は、再び「はぁ」と大きくため息をついた。
「いや、なんでもない。もういいわ」
「え〜っ！」
　なんだろう。よくわからないよ。
　かーくんは何が言いたかったの？
　すると彼は、呆れたような顔をしながら私の頭に手をポンと乗せる。
「とにかく、お前は男慣れしてねーんだから、簡単にだまされんなよ」
「だから大丈夫だって！」
「ほんとかよ。お前の大丈夫は信用ならねーよ」
「何それーっ！」
　まったく。相変わらず全然信用されてないみたい。

でもまぁ、かーくんって昔からすごく心配性だもんね。
　さっきの意味深な言葉が少し気にかかるけど、きっと私がお見合いするの初めてだから、いつも以上にいろいろと心配してくれてるんだ。
　悲しそうな顔をしていたように感じたのも、きっと気のせいだよね。
　なんとなくそれ以上は踏み込まないほうがいい気がして、私は聞くことができなかった。


　それから1時間後。
　約束場所の料亭に到着すると、入口から入ってすぐの広間のようなところでパパ同士がさっそく挨拶を交わしはじめた。
　パパの秘書の辰馬おじさんはもちろん、振袖で動きづらい私のおともとして、かーくんも付き添ってきてくれている。
「やぁやぁどうもどうも、二階堂くん！　今日はよろしく頼むよ」
「いや、こちらこそよろしく。今日はありがとうな。それにしても綺麗な娘さんだ」
「ふふ、ありがとうございます」
　お世辞かもしれないけれど、二階堂くんのお父さんにほめられて、笑顔で頭を下げる。
　だけど、その場にはまだ二階堂くんの姿はなかった。
「おや、君の息子くんは？」

パパが尋ねる。
　すると二階堂くんのお父さんは、一瞬困ったような、複雑な表情をしたかと思うと謝ってきた。
「ああ、すまん。実は私は会社に寄ってから来たものだから、先にここに着いてな。優は妻と一緒に向かったから、そろそろ着くと思うんだが……」
　そこで、彼がうしろを向いたところで、ちょうど声が聞こえた。
「おっ、来たようだな。おーい！」
　遅れたけれど、すぐに到着したみたい。
　二階堂くんはとくに専属の執事を連れている様子はなく、代わりに母親と一緒にこちらへ向かって歩いてきた。
　スタイリッシュなスーツに身を包んだ姿は、さすが、育ちのいい好青年って印象でカッコいい。
　二階堂くんのお母さんも若々しくて、清楚なイメージの綺麗な人だ。
「遅れて申し訳ありません。道が混んでいまして」
　ぺこりと彼が頭を下げたら、パパは笑顔で返した。
「いやいや、大丈夫だ。私たちも早く着いたんでな。今日はどうぞよろしく頼む。ほら、梨々香も挨拶しなさい」
「……あっ。よ、よろしくお願いいたしますっ」
　一応顔を知ってはいるけれど、ほとんど話したことのない相手なので、少し緊張しながら頭を下げる。
　そしたら二階堂くんはニコッと爽やかに笑うと、実に感じよく挨拶してくれた。

「こうして話すの初めてだよね。よろしく。梨々香さん」
　その対応に、さすがだなって思う。
　やっぱりみんなに騒がれるだけあって、本当に王子様みたいな人だなぁ。
　今日は本当に私に興味をもって来てくれたのかな？
　すると、すぐ隣に立っていた彼のお母さんも挨拶されて。
「あらまぁ〜どうも、梨々香ちゃんっていうの？　かわいらしい振袖だこと！　うちもお見合いなんて今日が初めてなのよ。主人がはりきっちゃってね。でもまぁ、西園寺のお嬢さんなら安心ね」
　意外にも、口を開くと見た目以上にテンションが高めで驚く。
「ふふっ、どうもありがとうございます」
「優ちゃんは本当に自慢の息子なのよ〜。だから、くれぐれも、よろしくね」
　え、優ちゃん……？
　聞いた瞬間、少しドキッとした。
　二階堂くん、母親にちゃん付けで呼ばれてるんだ。
　意外。っていうか、なんかちょっと……。
「あらま、やだ。優ちゃんたらここ、ボタン外れてるわよ〜。もうっ、ママが直してあげる」
　しかも、二階堂くんのワイシャツの襟もとのボタンが片方外れていたのに気づいて、わざわざボタンを留めてあげようとしはじめて。
「い、いいよ、大丈夫……。自分でやるから」

そしたら二階堂くんは恥ずかしそうな顔で断りながら、自分でボタンを留めはじめた。

その光景を見て、唖然とする私とパパ。

辰馬おじさんは見て見ぬふりをしているけれど、かーくんの顔は引きつっている。

二階堂くんのお父さんは、気まずそうに顔をゆがめる。

「ほら、由紀子、もういいから……」

そして再び私たちのほうを向くと、少し申し訳なさそうに謝ってきた。

「いや、すまんね。うちの妻は少し過保護なところがあって。それじゃ、そろそろ中へ入ろうか。部屋を用意してあるから」

一瞬変な空気になったものの、その場は流してみんなで中に入る。

それにしても、二階堂くんのお母さんって、息子を溺愛するタイプなんだな。

清楚な見た目と違って、なかなか強烈な人かも……。

豪華なしつらえの日本間でしばらく両家で歓談したのち、みんなは席を外し、私と二階堂くんがふたりだけで残された。

「それじゃ、あとはごゆっくり」

その間、パパたちは別棟に用意した部屋で待機しているみたい。

私たちの部屋は10畳くらいの広さで、部屋からは見事

に手入れされた日本庭園が望める。
　静寂(せいじゃく)のなか、遠くに鹿(しし)おどしの水音が聞こえてくる。
　そんな静かな空間に、ふたりきりにされた私たちはお互い顔を見合わせた。
　だけど、いまいち何を話していいかわからなくて。
「……なんか、変な感じだね」
　二階堂くんが困ったように頭をかく。私も同じ気持ちだ。
「そ、そうだね。お見合いって何すればいいのかな？　あ、まずは自己紹介とか？」
「そっか。そうしようか」
　とりあえず、お互い自己紹介からはじめることにした。
「えっと、じゃあ僕からいくね。僕の名前は二階堂優。青蘭学園の２年Ｂ組で、趣味は映画鑑賞とテニス。将来は、親父の会社を継げたらなって思ってるよ」
「へぇぇ」
　二階堂くんの自己紹介はさすが、イメージを裏切らない。
　今から親の会社を継ぐ覚悟(かくご)でいるのもすごいなぁって思う。
　次は私の番かぁ。なんて言おう。
「あ、私は西園寺梨々香です。青蘭学園の２年Ａ組で、趣味は体を動かすことと……食べることかな！」
　正直にそう言ったら、クスッと笑われた。
「ふっ、梨々香ちゃん面白いね」
　え、面白い？
　べつにウケを狙(ねら)ったつもりはないんだけど……。

もしかして、今のダメだった？
　やっぱりお嬢様らしく趣味はバイオリンとか答えるべきだったのかな？
　だからって、ウソついてもねぇ。
「ごめん、正直に答えちゃった」
「いや、いいと思うよ。おいしいものを食べるのは僕も好きだから。ってことで、せっかくの料理をいただきますか」
　二階堂くんはそう言うと、手を合わせる。
　テーブルには豪華な懐石料理が用意されている。
　ちょうどお腹もすいたし、せっかく美食で有名なお店に来たんだからと、早速いただくことにした。
「そうね。いただきます」
　振袖姿で動きにくかったけれど、汚さないように気をつけながら食べはじめる。
　料理はさすが、老舗料亭というだけあってとてもおいしいのはもちろん、盛りつけや器にも季節感が反映されていて美しい。
「わぁ、おいしい〜！　これ、隠し味に山椒と柚子が入ってる！」
「ほんとだ。柚子の風味が香るね。こっちの海老身丈も上品な味でなかなかだよ」
　しばらくはお互いに料理の感想を言いあって、会話が弾む。
　二階堂くんはいざ面と向かって話してみたら、とてもさっぱりしていて、普通にいい人だった。

とくに魅力を感じるわけでも、好みのタイプなわけでもないけれど、これならモテるのも納得って感じ。
　それなのにどうして彼女をつくらないんだろう？　不思議だな。
　それに、彼が今日のお見合いを承諾(しょうだく)した訳も気になる。
「ねぇ、二階堂くん」
　だから思わず聞いてしまった。
「なんで今日、私とお見合い……」
「「ガハハハハ!!」」
　けれど、私が言いかけたところで、隣の部屋からものすごく大きな笑い声がして。
　私と二階堂くんは思わずギョッとして、そちらに目を向けた。
　二階堂くんの背後にある襖(ふすま)の向こうには、隣の部屋がある。
　個室とはいえ、今回は襖で仕切っただけの畳(たたみ)の部屋だったため、どうしても隣の話し声が大きいと聞こえてしまう。
　隣ではおじさんたちが数人、昼間からお酒を飲んでいるらしく、酔(よ)っ払(ぱら)ったのか、だんだんと声のボリュームが増してきていた。
「なんか、すごい盛り上がってるみたいだね……」
「そ、そうだね」
　二階堂くんもあまりの騒ぎっぷりに少し困った表情をしてる。
　たしかにこれはちょっとうるさいかも。

でもまぁ、ある意味これくらいのほうが、沈黙もしないし変に緊張しなくていいのかも、なんて思った。
「ところで、今何か言いかけてなかった？」
　また話を元に戻す彼。
　そういえば、今話し途中だったんだ。
「あ、えーっとね、二階堂くんはなんで今日私とお見合いしようと思ってくれたのかなーって」
　私がそう尋ねたら、二階堂くんは少し考え込んだような顔をする。
　だけどすぐに笑顔で。
「……うーん。まぁ、親父にすすめられたからといったらそれまでだけど、なんとなく梨々香ちゃんとは会って話してみたいって思ったからかな」
　そう言われて驚いた。
　それじゃあレミが言っていたように、彼は本当に私に興味をもってくれたってことなのかな？
「うちの母親も珍しく肯定的だったし」
　だけど、そう続けた言葉に、さっきの二階堂くんのお母さんの姿が頭に浮かんだ。
　そういえば、ずいぶん過保護で息子にベッタリな感じだったなぁ。
　あの感じだから、やっぱり息子と付き合う相手にもアレコレ口出しするのかしら。
　もしかして、二階堂くんに彼女ができないのって、実はそれが原因なんじゃ……。

「こ、肯定してくれたんだ。どうもありがとう。お母様って、二階堂くんの恋愛にも意見してきたりするの？」
　恐る恐る聞いてみる。
「うん、まぁ。うちの母が女の子を気に入ることは滅多にないかな。だから、こうやって紹介されて会ったのも梨々香ちゃんが初めてなんだよ」
「そ、そうなんだ……。私も初めてだよ」
　つまりは、今回初めてお母様のOKが出たってことか。
　まぁ、そんなこと言ったらうちのパパもうるさいけどね。
「あはは、だよね。この歳でまさかお見合いするとは思ってもみなかった」
　そう言って無邪気に笑う彼を見て、やっぱりすごく普通の人なんだなって思う。
「私もだよ。パパたちったらほんと気が早いよね〜」
　親に無理やり決められたお見合いに仕方なく来たっていうところは、結局ふたりとも共通していて、なんだか親近感が湧いた。
　だけどなんだろう。
　男の子としてはとくに興味がもてないんだよなぁ。
　話しててもドキドキしたりとか、ときめいたりもしないし。
　もっと彼のことをいろいろ知りたいとも、とくに思えないっていうか……。
　私ってやっぱり、恋愛に向いてないのかな？
　なんて考えてたら。

「……あれ？　二階堂くん、なんか香ばしい匂いがする？」
　急に何かを焦がしたような匂いが漂ってきて。
「あ、たしかに。というか、焦げ臭い？」
　二階堂くんもそう思ったみたい。
　あわててあたりをキョロキョロと確認する。
　だけど、テーブルの上にある黒毛和牛のすき焼きは、固形燃料に火がついているものの、倒れたり変なものを燃やしている様子でもない。
　それを確かめて、おそらくこの部屋ではない別の場所からの匂いだと確信した。
　まさか、火事……なわけないよね？　そんな不安が頭によぎる。
「変な匂いするけど、大丈夫かな？」
「別の部屋じゃない？　大丈夫じゃないかな」
　二階堂くんはのん気にそう言うけど、その匂いはどんどん強くなってくる。
　明らかに、変。
「ちょっと私、部屋の外見てこようか？」
　思わず振袖姿のままバッと立ち上がる。
　するとその時、隣の部屋から大声がした。
「どわぁぁぁ！　火だ！　火が！　逃げろおぉッ!!」
　えぇっ!?　火？
　同時にドタバタと足音が聞こえる。
　さっき大騒ぎしていた酔っぱらいのおじさんたちだ。
　もしかして、本当に……火事!?

「ちょっと二階堂くん、そこどいて！」
　——バァンッ!!
　まさかと思い、二階堂くんの背後の襖を思いきり開けてみる。
　そしたらその瞬間、目に飛び込んできたのは……。
　もくもくと立ち上る煙と、炎が上がった畳の床だった。
　ウソッ。何これ……。
「ゲホッゲホッ!!」
　火勢が強まり、急にたくさんの煙を吸い込んでむせてしまう。
　たけど、驚いている場合じゃない。逃げなくちゃ。
「た、大変！　二階堂くん、火事だよ！　逃げて！」
「うわぁぁ〜っっ!!」
　すると彼は、急にパニックを起こしたみたいになって、その場で頭を抱えてうずくまり叫び声をあげた。
「火事！　火事だっ！　ウソだろっ!?　あっ、僕のカバン!!」
　その言葉で床を見てみると、さっきまで二階堂くんが座っていた場所に、火がジリジリとまわってきている。
　そして、今にもそれが彼のカバンにまで燃えうつりそうだった。
「あぁぁ〜っ！　燃えるっ！　イタリア製のカバンなのにぃ〜っ!!」
　さっきまでの落ち着いた態度とは打って変わって、急に子どものように泣き叫ぶ彼を見て、少しビックリする。
　だけど、カバンを置いて逃げるわけにもいかない感じ

だったので、私はとっさに、テーブルに置いてあったコップの水を彼のカバンにかけた。
　——バシャッ！
　そして火が消えたそのカバンを、しゃがみこんでおびえている二階堂くんに手渡す。
「ほらっ！　もう大丈夫だから、これ持って逃げて！」
　そしたら彼はそれを受け取るやいなや、
「わーっ！　ママッ！　助けて〜〜っ!!」
　そう叫びながら、私をバンッと勢いよく突き飛ばすと、そのまま走って逃げていった。
「きゃっ!!」
　——ガターンッ!!
　突き飛ばされた私は、部屋のすみにあった大きな棚(たな)にぶつかり、床に倒れ込むと同時に、その棚を倒してしまう。
「……いったぁ〜」
　いくらあわてていたとはいえ、まさか突き飛ばされるとは思わなかったので、ちょっと泣きそうになった。
　ひどいよ、二階堂くん。
　しかも、自分だけ先に逃げるとか……。
　こういう非常時こそ、人間って本性が出るんだなぁって思う。
　女の子置いて逃げちゃう男子なんて、さすがにごめんだよ。
「ゲホゲホッ」
　あたりは白い煙がますます充満(じゅうまん)して、視界が悪くなって

きている。
　ヤバい。こうしてる場合じゃない。
　私は自分も逃げなくちゃと思い、その場から立ち上がろうとした。
「……あれっ？」
　だけどなぜか、片腕が引っぱられるようで、起き上がることができない。
　何かと思って見てみたら、なんと、先ほど突き飛ばされた勢いで倒れた棚が、振袖の左袖の上に全面的に乗っかって、袖が下敷きになっている状態だった。
　ウ、ウソでしょ……。
　しかも、引っぱってもなかなか抜けない。
　あわてて右手で棚をどけようと持ち上げる。
　しかしながら、片手しか使えないこの体勢では、その棚は重たくて持ち上がらなかった。
　一瞬、恐怖で目の前がまっ暗になる。
　……どうしよう。逃げられないよ。
　こんな動きにくい振袖なんて、着てくるんじゃなかった。
　足も使って、全身で必死で持ち上げようと力を入れる。
　せめて、袖を抜くことができれば……。
　だけど、古く重厚な造りの棚は思った以上に重たいようで、やっぱりそう簡単にはいかなかった。
　もう、こうなったら……。
　仕方なく着物ごと脱ごうと思い、帯に手をやる。
「え、あれ……？　何これ。どこがどうなってるの？」

右手しかうまく使えないため、脱ぐことも難しい。
　自分で着付けたわけじゃないから、帯がどう結ばれているのかもよくわからないし、片手ではうまくつかむこともできずに絶望感でいっぱいになった。
　炎は畳をなめて、どんどん私の近くまできている。
　火勢よりもそれ以上に煙が激しく上がり、だんだんと息苦しくなってきた。
　それにしても、どうして誰も来ないんだろう。
　屋外からは、人が大騒ぎする声が聞こえる。
　火事でみんなパニックになってるみたい。
　もしかして、ほかのみんなは全員逃げていて、私だけが逃げ遅れて残ってることに誰も気づいていないのかも？
　そうだとしたら、このまま私、どうなっちゃうんだろう。
　今までにない恐怖と不安に襲われて、ますます泣きそうになった。
「や、嫌だっ。誰かっ……助けて‼」
　どんなに引っぱっても袖は抜けないし、しっかりした生地(きじ)だから、簡単には破れそうにもない。
　必死で脱ごうとするけれど、帯も片手じゃうまく解(と)けない。
　助けを呼ぼうにも、スマホが入ったバッグにも手が届かない。
「うぅっ……」
　打つ手もなく、こんなにも絶望的な気持ちになったのは、初めてだった。

私、このまま死んじゃうの……？
　思わずパパとママの顔が浮かぶ。
　それと同時になぜか、かーくんの顔が浮かんだ。
　嫌だ。このままみんなに会えなくなるなんて。
　こんなお別れの仕方、あんまりだよ。
　必死でその場でもがき続ける。
　しまいには汗だくになって、息をするのもやっとだった。
　でも、あきらめたらおしまいだ。
「いやっ、お願いっ……。ゲホッゲホッ」
　なるべく煙を吸い込まないように、着物の袖で顔をおおっているけど、だんだんと息苦しさが増してくる。体に力が入らなくなって。
　でも残された力を振りしぼって、声の限り叫ぶ。
「誰か、助けてっ!!!!」
　届かなくても、来てくれるって信じたかった。
　こういう時きっと、かーくんなら……。
　いつもまっ先に来てくれるのに。
　かーくんは今、どこにいるの？
　早く会いたい。助けて……。
　かーくんの言うとおり、お見合いなんてするんじゃなかったね。
　私がバカだったのかな。
　ごめんね、かーくん。
　だからお願い。
　いつもみたいに私のこと、助けにきて……。

## お前のことが大事だから

　さらに勢いを増す炎と煙の中で、意識が薄れていく。
　あきらめたら終わりだってわかってるけど、体が思うように動かなかった。
「はぁ、はぁっ……」
　畳に寝そべるようにして、必死で限られた酸素を吸い込む。
　本気でもうダメかもしれないなんて、心なくも考えてしまう。
　自分は体力には自信があって、こういうピンチも自分の力で切り抜けられるタイプだと思ってたのに、いざとなると結局何もできない。
　いつだって危ない目に遭うばかりで、そのたびに誰かに助けてもらって……。
　我ながら情けなくてたまらなかった。
　あぁ、せめてこんな格好で来なければなぁ。
　洋服だったら、きっとすぐに逃げることができたはずなのに。
　ぼんやりとした意識で、いろんなことを考えてしまう。
　私がこのまま息絶えたら、どうなるのかなぁ、とか。
　走馬灯のように、急にいろんなことが次々と思い出されて。
　それはまるで、本当に世界の終わりみたいだった。

ここにいる実感がだんだんとなくなっていく。
すーっと体の力が抜けていって……。
だけど、あと少しで意識が途切れるかも……というところで、急に大きな足音とともに、聞き覚えのある声が耳に飛び込んできた。
「りぃっ!!」
まるで閉まりかけた私の世界の扉をこじ開けるかのように、私を呼ぶ確かな声。
「りぃっ！ 返事しろ！ いるんだろ!? りぃ!!」
その声で、私の中に残ったわずかな力が呼び覚まされたような気がした。
……かーくん。
思わずパッと目を開ける。
部屋は白い煙が充満していて目の前の様子がハッキリとは見えないし、もしかしたら夢を見てるのかな、とも思った。
だけど、確実にその足音は近くまで来ていて。
次の瞬間、バンッ！と襖を押し倒す大きな音とともに、部屋に誰かが足を踏み入れたのがわかった。
「りぃっ!!」
……ウソみたい。
でも本当に、来てくれた。
心のどこかで私は、彼なら来てくれるんじゃないかと信じてた。
本当に助けにきてくれたんだ。私のことを。

「かー……くん」
　今にも消え入りそうな声で、彼の名前を呼ぶ。
　そしたら、かーくんはとっさに私のもとへと駆け寄ってきた。
　そしてぐったりとした私の体を抱き上げると、
「りぃっ！　大丈夫か!?　しっかりしろ!!」
　その顔を見た瞬間、ホッとして涙が出てきそうになった。
　私、助かったんだ。
「……かーくん。来てくれた、の？」
「当たり前だろ。それより大丈夫か？　どっか火傷とかしてねぇか？」
「だ、大丈夫。袖が、はさまっちゃって……」
　私がそう言うと、かーくんはすぐに立ち上がって、それから袖に乗っかっていた大きな棚を持ち上げてどかしてくれた。
「……っ、なんだよこれ、クソ重いな。なんでこんなのが倒れたんだよ」
　だけどまさか、二階堂くんに突き飛ばされて倒れただなんて言えないよね。
「とりあえず外に出るぞ！」
　かーくんはそう口にすると、私を軽々と両手で抱き上げる。
　そのまま外へと急いで走っていった。
　ぼんやりとした頭で、ほんとにヒーローみたいだなって思った。

かーくんが来てくれたら、もう大丈夫だって安心できる。
　やっぱりかーくんはどんな時だって、一番に私を助けにきてくれるんだ。
　どんなピンチの時も、ほかの人が私を見捨てても、かーくんだけは必ず現れる。
　こんなにも誰かを頼もしいと思ったことはなかった。
　店の外に出ると、野次馬も含め人が大勢集まっていて、騒然としていた。
　消防車や救急車のサイレンの音も聞こえる。
　かーくんは私を近くのコンクリートの階段に下ろすと、そっと横に寝かせてくれた。
「すぐ救急車来るからな。そしたら病院に……」
　だけど私はなんだか、外に出て新鮮な空気を吸ったら急に元気になってきたみたいで。
「だ、大丈夫だよっ、救急車なんて。ほら、もう元気……っ」
　ゆっくりと体を起こして座ったら、かーくんは心配そうに眉をひそめた。
「……っ、バカ。無理すんなよ」
「無理してないよ」
　だけどまだ少し、手が震えてる。
　だって、本当に怖かったから。
　さっきは本当にもうダメかもしれないって思った。
　かーくんが来てくれなかったら私、どうなってたんだろう。

──バサッ。
　すると、かーくんは自分のスーツのジャケットを脱いで、私の肩にかけてくれて。
　そのまま私を抱き寄せると、ぎゅっと腕の中に閉じ込めた。
　　──どきん。
「はぁ……。でも、りぃが無事でよかった……っ」
　そう口にするかーくんの声と腕も、少し震えている。
　それに気づいた時、やっぱり彼は私のことを本気で心配してくれたんだってわかって、泣きそうになった。
　ホッとして、胸の奥がじわじわと熱くなって。
「かーくんっ……」
　思わず彼の背中に手を回して、ぎゅっと抱きついた。
　そしたら自然と涙がこぼれてきて。
「……っ、ありがとう。怖かった……っ」
　かーくんはそんな私をさらに強く抱きしめる。
「うん。怖かったよな。でも、もう大丈夫だから」
　優しい言葉にますます涙があふれてきて。
　かーくんがいてくれてよかったって、心からそう思った。
　かーくんの腕の中はすごくあったかくて、安心する。
　シャツ越しに伝わってくる彼の鼓動と、彼の匂いが心地(ここち)よくて。
　ここでなら、泣いてもいいんだって、素直に甘えてもいいんだって思える。
　しばらく彼の腕の中でじっとしていたら、だんだんと気

持ちが落ち着いてきた。
　かーくんはただ何も言わずに、泣きじゃくる私の背中をゆっくりとさすってくれて。
　いつもはぶっきらぼうなのに、こういう時はすごく優しくて頼りになる彼のことが、やっぱり大好きだなって思った。
　やっぱり私、かーくんがいなきゃダメだなぁ……。
「梨々香ぁーーッ!!」
　すると、そこに遅れてパパと辰馬おじさんが駆けつけてきて。
　かーくんはあわてて私からパッと身を離す。
　パパの顔は半泣きで、私の顔を見るなり、すごい勢いで抱きしめてきた。
「あぁっ、無事でよかった！　よかった!!」
　そんな動転(どうてん)したパパの姿を見て、また涙があふれてくる。
　パパもすごく心配してくれたんだ。
「ケガはないか!?　火傷は？　具合は悪くないのか？」
「も、もう大丈夫だよ。ケガだってしてないし、ほら」
「本当か!?　無傷なのか？」
「うん、大丈夫だよ。神楽がちゃんと助けにきてくれたから」
　だけど、私がそう答えると、パパはかーくんのほうを振り返って。
「神楽！　なぜ電話に出ないのだ！　ワシのところにすぐ連れてこんかい！　お前が飛び込んでいったっきり戻ってこんから、ワシまで火の中に飛び込むところだったぞ！」

それを聞いて、即座に頭を下げるかーくん。
「も、申し訳ございません。すぐに連絡するべきでした」
「まぁ、ふたりとも無事だったからよかったものの。まったくけしからん。二階堂のところのあのバカ息子に梨々香をやるわけにはいかん。このお見合いは破談だ！　むしろ、慰謝料を請求してくれるわっ！」
　どうやらあのあと二階堂くんは、まっ先に自分だけ外に逃げだすと、別棟で待つ母親のところまで泣きついていったらしく、それを見たパパは大激怒。
　かーくんが急いで私を助けに建物に飛び込んでいったものの、そのあと周りを野次馬に囲まれたせいで、パパは戻ってきた私たちをなかなか見つけられなかったのだ。
　焦って自分も建物の中に入ろうとしたところを、辰馬おじさんに止められたらしい。
　二階堂くんの母親は、なかなかの溺愛ママだったけれど、それに劣らず二階堂くん本人もかなりのマザコン息子だったみたい。
　さすがにあれはちょっと勘弁だよね……。
「いざという時に女を守れない男になんて、娘をやれるもんか！　情けないっ」
　パパは二階堂くんに対してかなりご立腹の様子。
　そりゃそうだよね。私だって呆れちゃったよ。
　彼のせいで命の危険にさらされたわけだし。
　まぁ、これで勝手に結婚を決められる心配はなくなったわけだけれど、正直もう、お見合いはこりごりだなぁ。

「男というのはだな、自分の身を犠牲にしてでも女を守るもんだ。なぁ、神楽？」

　パパが鼻息荒くかーくんにそう問いかけると、かーくんは「はい」と静かにうなずく。

「しかし、今回は本当にお前がいてくれてよかった。ありがとうな。よくやった」

　そして、珍しく素直にかーくんをほめたりして。

　そしたらかーくんは今まで見たことがないくらいに、すごくうれしそうな顔をしてた。

「いえ、当然のことをしたまでです。ありがとうございます」

　でもパパの言うとおりだと思う。

　男だからとか女だからとか言うのは、今時おかしいかもしれないけど。

　いつだって、自分の危険もかえりみず、私を守ろうとしてくれるかーくんは、とっても男らしくてカッコいいよ。

　二階堂くんなんかよりもずっと、かーくんのほうがイイ男だって思ったもん。

　助けてくれて、本当にありがとう。


　その日の夜、私は部屋にかーくんを呼び出した。

「べつに大丈夫だっつーの。このくらい」

「ダメ〜ッ！　じっとしてなさい！」

　カーペットの上に座らせて、彼の右手をしっかりと捕まえて。

　赤く腫れた手の甲に、今日病院でもらった軟膏をそっと

塗ってあげる。

「……っ」

　そしたらかーくんはその瞬間、痛そうに顔をゆがめた。

　それを見て、少し胸が痛む。

「あ、やっぱ痛い？　ごめんね」

「べ、べつに痛くねぇよ」

「ウソだぁ！　今、超痛そうな顔してたよ」

「気のせいだろ」

　かーくんは、今日の出火騒ぎで私を助ける際に手に火傷を負ってしまい、あとで病院に行った時、私と一緒に診察を受けた。

　幸い、私は軽い一酸化炭素中毒を起こしてはいたものの大事には至らず、とくにケガもなかったのでパパはすごく安心してた。

　これもすべて、かーくんのおかげ。

　かーくんがあの時私を助けにきてくれたから、こうして無事だったわけだけど、もう少し遅れていたらどうなってたかわからなかったらしい。

　そう思うと、本当に怖い。

　そしてあの火事は結局、隣の部屋の酔っぱらいおじさんによるタバコの火の不始末が原因だったとのこと。

　死傷者は出なかったみたいだからよかったけど、まさか自分があんな出来事に遭遇するとは思わなくて、本当にビックリした。

　二階堂くんは結局あのまま逃げるように母親とふたりで

帰っちゃったし。
　あとで二階堂くんのお父さんがひとり、病院までお見舞(みま)いにきて、謝ってくれたけどね。
　正直もう学校で顔を合わせても、話したくもないかも。
　あんな情けないマザコン男だとは思わなかったよ。
「それにしても、今日はビックリしたね」
　かーくんの手をガーゼで包みながら、しみじみと思い起こす。
　そしたらかーくんもいろいろと思い出したのか、苦笑いした。
「あぁ。俺、軽く寿命(じゅみょう)縮んだわ」
「ふふっ。お騒がせしました」
「いやマジで。二階堂が火事だとか叫びながらひとりで逃げてきた時はどうしようかと思ったし。なんで、りぃはいないんだよって。そしたら俺が問いただす前に、兼仁おじさんがアイツの胸ぐらつかんでたけどな」
「ウソッ！　パパが？」
　そんなことがあったんだ。
「だって、ありえねぇだろ。お見合い相手放(ほう)って自分だけ逃げるとか。しかもお前あの時、倒れてきた棚に袖をはさまれて逃げられなかったんだろ？　よくそれを見殺しにできるよな。マジアイツ、許さねぇ」
「あ……。う、うん」
　それを聞いて、思った。
　あの時本当は、二階堂くんに突き飛ばされたせいで逃げ

られなくなったなんて、そんなこと絶対パパとかーくんには言えないなって。
　それを言ったら、パパもかーくんも、今度こそ二階堂家に殴り込みにいきそうだよね。
「……でも私、信じてたよ」
「え？」
「かーくんなら、絶対助けにきてくれるって」
　私がそう言うと、かーくんが両目を見開く。
「もうダメかもって思ったときにね、かーくんの顔が浮かんだの。そしたら本当に助けにきてくれて。なんかまるでヒーローみたいだなって思っちゃった。さすが、私のボディガードだね」
　ふふっと笑いながら彼を見上げたら、その瞬間、彼の頬が少しだけポッと赤くなったのがわかった。
「べ、べつに……お前を助けるのは当たり前のことだろ」
「でも、うれしかったよ。ありがとう。かーくんがいてくれて、本当によかった」
　今さらだけど、感謝の気持ちを伝えたくて。
　しっかりと目を見てお礼を言ったら、かーくんはますます照れたように顔を赤くした。
　昔から、こういうところはちょっとかわいいなって思う。
　かーくんは、人からほめられるとすぐに照れちゃうから。
「まぁ、無事で何よりだろ」
　恥ずかしそうにそっぽを向く彼を見て、思わず笑みがこぼれる。

素直に喜べないところもまた、かーくんらしいなぁ。
「火傷、痛いでしょ？」
「そこまで痛くねぇよ」
「私のせいでいつも、ケガさせちゃってごめんね」
　昔からそう。
　私が無茶したり、はしゃぎすぎてケガしそうになると、それをいつもかーくんがかばったり、助けてくれて。
　かわりにいつもかーくんがケガしてたんだ。
　今日だって私は無傷だったけど、かーくんは棚を動かすときに火傷を負ってしまった。
　傷跡を見ると、やっぱり少し胸が痛む。
「バカ。何言ってんだよ」
　私が申し訳なさそうな顔しながらうつむくと、かーくんはコツンと頭を叩いてくる。
　そして、優しい声で言った。
「お前が無事なら、俺はどうなってもいいんだよ」
「えっ……」
　何それ。
「りぃのためならどうなってもいい」
　——どきん。
　その言葉に、思わず胸が熱くなる。
　心臓が大きく脈を打って、なぜだか少し泣きそうになった。
　ねぇ、どうして？　どうしてかーくんは……。
「よ、よくないよっ……」

「え？」
「かーくんがどうにかなったら、私が嫌だよ」
　言いながらドキドキしてくる。
　でも、やっぱり不思議だった。
「どうして私のために、そこまでがんばってくれるの？」
　かーくんはいつだってそう。
　私のためにすごく一生懸命になってくれる。
　それはやっぱり、仕事だから？
　執事としての義務だから？
　小さい頃からの習慣みたいなものだから？
　それとも……。
　すると、かーくんは迷わず答えた。
「そんなの、お前のことが大事だからに決まってんだろ」
　えっ。
　かーくんの瞳が、まっすぐに私をとらえる。
　私は小さくつぶやいた。
「だい、じ……？」
「うん」
　ハッキリとうなずく彼に、ますます胸がドキドキして、ますます泣きそうになってしまった。
　どうしよう、うれしい。
　なんだか涙がこぼれそう。
　かーくんは私のことを、大事だって思ってくれてるんだ。
　お嬢様と執事だからって、ただそれだけじゃなくて。
　かーくんにとって私は、大事な存在なんだ。

私が彼に対してそう思うように。
「私だって、かーくんのことが大事だよ」
　そう言って、ケガをしていないほうの彼の手をぎゅっと握りしめる。
　そしたらかーくんは、驚いたように一瞬大きく目を見開いて、それから私の手を握り返し、小さな声でつぶやいた。
「……バカ」
　え、バカ？　なんで？
　そして、そのままその手をグイッと引き寄せると、私の顔をじっと見下ろして。
　──どきん。
「なんでお前は、いつもそう……」
「えっ？」
「人の気も知らねぇで」
　……どういう意味？
　なんて思った瞬間、かーくんのもう片方の手が私の頬に添えられる。
　そして、そのままゆっくりと彼の顔が近づいてきた。
　えっ。ウソ……。
　──ドキドキ。ドキドキ。
　心臓がすごい早さで脈を打つ。
　ど、どうしよう。
　だけど、不思議と抵抗する気は起きなくて。
　私はそのままゆっくりと目を閉じた。
　まるで、受け入れるかのように。

だけどその時……。
　——コンコン。
　突然、部屋のドアをノックする音がして。
　私たちは、あわててバッと離れた。
「は、はぁーい！」
「梨々香様、入ってもよろしいですか？」
　紫苑の声だ。
「あ……っ。ど、どうぞ〜っ」
　一瞬心臓が止まるかと思ったけど、入っちゃダメなんて言うのもおかしいので、いつもどおり許可する私。
　そしたら紫苑はすぐにガチャッとドアを開けて、足を踏み入れた。
「失礼いたします。おや、神楽も一緒だったのですか」
　気まずい気持ちで、思わず目が泳いでしまう。
「う、うん。火傷の手当てしてたの」
「そうですか。まったく今日は災難でしたね。でも、ご無事でよかったです」
「あはは。ありがとう……」
　必死で平静を装ってはみるけれど、内心心臓バクバクだ。
　今起きかけたことが、頭から離れなくて。
　すると、かーくんはサッとその場から立ち上がる。
「じゃあ俺、行くわ」
「えっ？」
　そして、止める間もなく、そのまま私と目も合わせずに、部屋から出ていってしまった。

バタンとドアが閉まる。
「……」
　あ、行っちゃった。
「あれまぁ、行ってしまわれましたね。もしかして僕、お邪魔でしたか？」
「……へっ!?　そ、そんなことないよっ！」
　紫苑に聞かれて、あわてて否定する。
　だけど、胸のドキドキはおさまらなくて。
　思わず両頬に手を当てる。
　どうしよう。なんか、なんか……。
　今のは一体なんだったんだろう。
　かーくんは今、私に何をしようとしてたんだろう。
　しばらくそのことが頭の中を埋めつくして、紫苑に話しかけられても上の空。
　それ以外のことは、何も考えられなくなってしまった。

## かーくんの好きな人？

「えぇーーっ⁉　二階堂くんがマザコ……」
「シーッ‼　レミ、声が大きいって」
　月曜日の朝、教室にて。大騒ぎするレミの口をあわてて押さえる。
「何それーっ！　最低じゃん！　私、幻滅しちゃったわ〜」
　レミにお見合いで起きたことを話したら、案の定かなり驚き、怒っていた。
　当然だよね。まさか、あの学年の王子様である二階堂くんが、マザコンのヘタレ男だったなんて。
　私だって知りたくなかったよ。
「まぁ、これでパパも当分お見合いなんて言いださないと思うから、それはよかったけどね。でも正直もう、こういうのは勘弁かも。人間、意外と本性はわからないものだね」
　私はそっとため息をつく。
「ほんとだね。でもなんか、納得かも。だから二階堂くんって彼女つくらないんだ。そんな母親がいたら無理だよね。息子ベッタリなんでしょ？」
「う、うん……」
　私も二階堂くんに彼女ができないのは意外だと思ってたけど、今回の件でその理由がわかった気がした。
　あのお母さんはちょっと強烈だったな。
　お父さんは普通の人だったけど。

私はさらにレミに秘密を明かす。
「しかもね、これはあとで聞いた話だけど、今回のお見合いは二階堂くんのお父さんが、マザコン息子と子離れできない母親を心配して企画したものみたいで。ほかの女の子に少しでも興味をもって欲しかったんだって」
「えーっ、何それっ！　梨々香は、超いい迷惑じゃん！しかも、まったく効果なかったわけだし！」
「だよね。おかげでこっちは死にかけたよ〜、もう。かーくんがいなかったら私、今頃どうなってたか……」
　だけどそこでかーくんの名前を口にしたとたん、ハッとする。
　そういえば……。
「ほんと災難だったねー。でもやっぱり神楽くんはすごい。優秀だしカッコいいわ。梨々香のためなら全力で体張ってくれるもんね。もはやボディガード通り越してヒーローだよっ。素敵〜」
　うっとりするレミの横でふいに思い出してしまった。
　あの日の夜の部屋での出来事。
　あれはやっぱり、キ……いやいや、そんなわけないよね。
「ないないっ！　まさかっ」
　ひとりでうろたえる私を、不思議そうな目で見るレミ。
「えっ？　どしたの？」
「あっ、いや、べつに……」
　ヤバい。うっかり声に出しちゃった。
「ひ弱な御曹司よりずっとカッコいいよね〜。いいなぁ。

そういう守ってくれる男の子」
「……はは。まぁ、そうだね。いざという時自分だけ逃げちゃう人よりは、かーくんのほうがイイ男かも」
「でしょー？　やっと梨々香も神楽くんのよさがわかった？　だからもう、神楽くんにするしかないよー」
「……なっ、だからそれは無理だって」
「えーっ、いいじゃーん」
　レミは相変わらずかーくんを全力で推してくる。
　だけど、今まではそれがただの冗談にしか聞こえなかったのが、今日はなんか違う。
　ちょっとだけ真に受けてしまうというか。かーくんのことを急に男の子として意識してしまっている自分がいて、我ながら驚いた。
　変だなぁ、私ったら。
　今回の火事の件があってから、かーくんがやけにカッコよく見えてしまって。
　見直したというか、あらためてすごいなぁって思ったっていうか。
　それに、私の部屋での、あの時のあれはなんだったのかな。
　まるで、キスしようとしたように見えたけど……。
　私の気のせいかなぁ。
　かーくんはそのあと、普段どおりのままだし。
　ダメだ。今日はなんかそのことばっかり考えちゃうよ。

帰りのSHRを終えて下駄箱のある昇降口に向かうと、今日も執事科の生徒たちがずらっと姿勢よく並んで待っていた。
　これはいつもの風景。
　執事科はいつも、特別科より授業が終わるのが15分早い。
　なぜなら彼らは、自分たちの授業が終わると、自分が仕える子息や令嬢たちを迎えにいかなければならないから。
　レミと別れて靴を履き替えると、そこで待機していたかーくんが、さっそく私のもとへと歩み寄ってきた。
「梨々香様、お迎えにあがりました」
　右手を差しだしながら頭を下げる姿は、相変わらずとてもスマートだ。
「ご苦労様」
　だけど、その手に巻かれた包帯(ほうたい)が痛々しくて、少し胸が痛む。
「ねぇ、火傷はもう大丈夫なの？　痛くない？」
　そっと彼の手を取りながら尋ねてみる。
　そしたらかーくんはフッと笑いながら、こちらをじっと見た。
「んー、全然」
「ウソだぁっ」
「本当ですよ。この程度の傷、痛くもかゆくもありませんから。ほら、いいから帰りましょう」
　そう言って私のカバンを受け取ると、スタスタ歩いてい

く。
　どう考えてもそんなの強がりだってわかってたけれど、こうやって私に気を遣わせないようにしてくれる彼は、やっぱり優しいなって思った。
　それにしても、かーくんはいつもどおりだな。
　私がひとりで意識してるだけ？
　この前のあのムードは一体なんだったんだろうって思う。
　そんなことを思い悩んでいるのは私だけなのかな？
　校門に向かって歩いていると、今日も執事科の女の子たちがたくさん集まってくる。
　本来ならば、執事が主人に仕えている時には声をかけることは禁止されているのだけれど、私が気にする様子がないから、寄ってくるんだ。
「神楽くーん！　ばいばーい！」
「あ、神楽くんだ！　きゃーっ！　カッコいい〜！」
「神楽くん！　また明日ね〜！」
　さすが、執事科で一番モテているだけあって、かーくんはすごい人気だ。
　しかも、メイドの女の子たちはどれもかわいい子ばかり。
　思わずかーくんを肘で小突きながら冷やかしてみる。
「へぇ〜っ。相変わらずモテモテだねー。かわいい子ばっかりじゃん」
「……っ、そんなことねーよ。べつにかわいくねぇし」
「えーっ、なんで？　私からしたらみんなかわいいよ！

かーくんってさぁ、もしかして見る目ないの？ それとも、女の子に興味ないとか!?」
　なんて、うっかり変なことを聞いてしまう私。
　そしたら、かーくんは一瞬私のほうをチラッと見てから、またフイッと目をそらすと、
「……なわけねぇだろ」
　ボソッと小声で否定した。
「えっ!?」
　あれ？　ってことは……。
「じゃあ、興味あるんだ？」
　ど、どうしよう。
　自分で聞いたくせに、かーくんにそんなこと言われたら、なぜだかドキドキしてしまう。
　今まで、かーくんはめちゃくちゃ理想が高いか、もしくは女の子に興味がないんだと思ってたけど、違うんだ。
　かーくんもちゃんと、女の子に興味があるんだ。
　なんだかうれしいような、ショックなような……。
「まぁ、一応な」
　私の問いに、ちょっと恥ずかしそうな顔をしながらも、そう答えるかーくん。
　それを聞いて私は、またしてもあの出来事を頭に思い浮かべてしまった。
　いやいや、でも、アレとこれとは関係ないか。
「一応な」って、肯定されちゃったけど。
　かーくんはああ見えて、女の子にちゃんと興味があるの

ね。
　あんなに寄ってくる女の子たちのことは全然相手にしないくせに。
　一体どんな子だったら興味あるのかな？
　モテるのに、なんで彼女をつくらないの？
　今さらのように気になって仕方がなくて。
　そんな疑問をぐるぐると考えながら歩いていたら、いつの間にか校門を抜けて、学校からだいぶ離れた場所まで来てしまっていた。
　ずいぶんと私、早歩きしてたみたい。
　──ブオォン！
　すると突然、前方からバイクの音がして。
　そのバイクは思いきりこちらへ向かってスピードを上げながら走ってきた。
「りぃっ！　危ない‼」
「……きゃっ！」
　すかさず一歩うしろを歩いていたかーくんが、私の肩をつかまえる。
　そして自分のほうへ抱き寄せるようにして身を守ってくれた。
「あっぶねー。なんだあのバイク。どこ見て走ってんだよ」
　ヤバい。私ったらボーッとして。
「りぃ！　お前も勝手にスタスタ先行くなよ。ちゃんと俺の隣を歩けって」
「あ……うん。ごめん」

かーくんの腕の中、小さな声で答える。
　また助けてもらっちゃった。
　かーくんは当たり前のように、いつもどおり私に触れてくる。
　だけど私は、その触れられた部分が熱を持ったように熱く感じられて、不思議なくらいドキドキしてた。
　どうしよう。なんなのこれ……。
「お前、なんか変だぞ、今日。熱でもあんの？」
　すると、かーくんはそんな私の額に手を当てながら、顔をのぞきこんできて。
　——ドキッ。
　その瞬間私はますます顔が熱くなって、本当に熱でもあるんじゃないかと思ってしまった。
「な、ないよっ……」
　ドクンドクンと心臓の音が鳴りやまない。
　私ったら、かーくんのことをバカみたいに意識しすぎてる。
「ならいいけど。あんまボーッとしてんなよ」
「はぁい」
　そんなの、かーくんのせいだよ、なんて。
　思ったけど、言えるわけがなかった。
　ほんとに私、変かも。
　かーくんにこんなドキドキしちゃうなんて。
　今まで全然意識したことなんてなかったのに。こんなのいつものことなのに。

どうして急に、気になってるの……？

「はい、今日の実習ではクッキーを作ります。クッキーは簡単ですからね。基本のレシピを覚えて、ぜひお家(うち)でもチャレンジしてみてくださいね！」
　バラ柄(がら)をあしらったマダムっぽいエプロンをつけた家庭科の先生がニコニコしながら説明する。
　今日は、私の大嫌いな家庭科の調理実習の日。
　うちの学校は特別科も執事科も、男女別に行われる授業があって、女子が家庭科の調理実習をしている間、男子は武道館で武道の授業がある。
　料理は大の苦手だから、むしろ武道の稽古に一緒に参加したいくらい。
　先生はクッキーは簡単だなんて言うけれど、女子力のかけらもない私は、今日もひとりだけ失敗するんじゃないかとか、いびつな形にでき上がるんじゃないかって、不安でたまらなかった。
「大丈夫だよ〜。みんな一緒にオーブンで焼くんだから、梨々香のだけ焦げるとかありえないから」
「だ、だよね……。でも、生地作りと型抜きは自分でやるんでしょ？」
「うん。でも生地は計量どおりにちゃんと計ればいいし、型抜きなんか失敗しようがないじゃん」
　なんてレミは軽く言うけれど、それでもいつもひとりだけ妖怪(ようかい)の食べ物みたいなものを作ってしまうのが私なの

だ。
「梨々香はちょっと雑だからさ。ひとつひとつ丁寧にやれば、大丈夫だから！」
　レミは明るくアドバイスしてくれる。
　雑……。まさに私が一番気をつけなくちゃいけないところだ。
　粉を計ってベーキングパウダーと一緒にふるいにかける。
　ボウルに柔らかくしたバターを入れ、砂糖と混ぜて。
　私がひとり必死な顔で作業している横で、ほかの女子たちは楽しそうにおしゃべりをしていた。
「クッキーとか、今日は簡単なのでよかったね〜」
「あとで男子に差し入れしようよ！」
「するするー！　って、ねぇ、なんかどこからかいい匂いがしない？」
「ほんとだー。隣の校舎？　シナモンの香りだわ」
　そう言われてみれば、たしかに、どこからかシナモンのいい香りが漂ってくる。
　ほかのクラスも調理実習してるのかな？　うちのクラスは今シナモンなんて使ってないし。
「アレだよ。たぶん執事科のメイドの子たちじゃない？　執事科の調理実習って、超ハイレベルらしいよ」
「へぇ〜っ」
　そんな会話を耳にして、なるほど、なんて思う。
　執事科のメイドたちも今調理実習中なのか。

ここ、特別科の家庭科室は特別科の校舎の１階の端にあるから、すぐ隣にある執事科の校舎の一番端の家庭科室からだいぶ近い。
　いつもおいしそうな匂いが漂ってくるから、お腹がすいてきちゃう。
　メイドの子たちは料理の腕も鍛(きた)えられるみたいだから、大変そうだなぁ。
　そういえば、かーくんはいつも武道の授業が終わると、女子たちからたくさん差し入れのお菓子をもらうって、以前聞いたことあるな。
　今日もまたこのあと、何人もの女子たちに囲まれるのかなぁ……。
　なんて、気がついたらまたかーくんのことを考えている自分がいてビックリした。
　やだやだ。私ったら集中しないとまた失敗する！
　周りを見回すと、みんなはおしゃべりしながらもすでに生地を作り終えて冷蔵庫にしまっている。
　私はそれを見て、急いで自分も生地を仕上げて冷蔵庫にしまった。


　──キーンコーン。
　調理実習１時間目が終わって、10分間の休み時間。
　まだまだ実習は半分残っているけれど、ここでちょっと一息つける。
　私はずっと家庭科室にいるのも息苦しかったので、サ

サッとエプロンを外すと、中庭に逃げだした。
「はぁ〜っ」
　深呼吸しながら両手を大きく広げてみる。
　今日は天気がいいし、やっぱり外は気持ちがいい。
　中庭には大きな木が１本生えていて、それを見ていたらなんだか登りたくなってきてしまう。
　だけど、さすがに学校でそんなことをやってしまってはまずいので、おとなしくブラブラ散歩することにした。
　向かいの執事科の校舎からは、相変わらずシナモンのいい香りがする。
　ハイレベルな調理実習かぁ。どんな感じなんだろう。
　ちょっとのぞいてみようかな。
　好奇心（こうきしん）が勝って、こっそり窓へと近寄ってみる。
　家庭科室の中では、メイドの女の子たちがワイワイはしゃぎながら、楽しそうに焼き上がったアップルパイの試食をしていた。
「わぁっ、超おいしい〜！　大成功かも！」
「ほんとだ、ヤバい！　パイ生地がサックサク！」
　りんごとバターの甘い香りまで漂ってきて、見ているだけでよだれが出ちゃいそう。
「手作りのパイって、やっぱおいしいね」
「早く男子に食べさせたーい！」
「神楽くん、今日は受け取ってくれるかなー？」
　──ドキッ。
　あれ？　今、神楽くんって名前が出たよね。

「神楽くん、最近ファンが増えすぎちゃって、なかなかお菓子を受け取ってくれないんだよねー。あぁ、早く片づけ終わらせてレポート書いて、神楽くんの柔道やってるとこ見たいな～」
「あーん！　私も見たい～っ！」
　家庭科室ではかーくんの話題で話が弾んでいる。
　……わぁ、すごい。
　かーくんったら、ほんとに人気があるんだ。
　思わず聞き耳を立ててしまう。
　すると、その輪の中にいた子のひとりが、急にこんなことを言いだした。
「でもさぁ私、最近聞いたんだけど……神楽くん、実は好きな子がいるってウワサだよ」
「「えぇ～っ!?」」
　えっ！　ウソッ！
　衝撃的な言葉に、思わず声をあげてしまいそうになる。
　ちょっと待って。何それ。
　かーくんに、好きな人？
　私、それ初耳なんだけど！
「ウッソーッ！　何それ～！　ビックリ！　本人が言ってたの？」
「うん。この前神楽くんに告(こく)ってふられた子が、言われたんだって。『好きな人がいるから付き合えない』って」
「マジで～!?　好きな子なんていたの!?　誰、誰!?　執事科の子？」

「わかんないけど〜」
　ウソでしょ……。
　ほんとに誰なんだろう。私だって知りたいよ。
　そんなの、かーくんの口から聞いたことない。
　っていうか、そんな素振りは一度も……。
　あっ。でも、あれ？
　じゃあ、あの時のアレは、もしかして……。
　またしても、この前のあの出来事を思い浮かべてしまう私。
　あの時かーくんは、たしかに、私にキスしようとしたように見えた。
　もしそれが本当なんだったら。かーくんの好きな人って、もしかして、もしかして、わた……。
　そんな考えが頭の中を駆け回った時。
「やっぱあれかな、小雪ちゃんかな？」
　えっ!!
　小雪ちゃん？　誰それ？？
　そんな疑問を解消してくれることなく、室内の会話は進んでいく。
「だよねー！　私もそう思った！　神楽くんの好きな人に当てはまりそうなのって、あの子しかいないよね」
　え、何……。誰の話？
「神楽くんって基本女子とはあんまり絡まないけど、小雪ちゃんとは仲いいもんね。小雪ちゃん超かわいいし、執事科のアイドルだからね」

「うん。あの子なら納得かな〜。なんだぁー、神楽くん好きな子いたのかぁ。残念」
「あくまでウワサだけどね〜」

　どうしよう。話についていけない。

　というより、衝撃に次ぐ衝撃で、開いた口がふさがらない。

　落ち着いて、情報を整理してみよう。

　実は、かーくんには好きな子がいて。

　それはなんと、私……なわけがなくて、同じ執事科の小雪ちゃんっていう子だってウワサで。

　一瞬でも、私のことかもなんて、うぬぼれた自分がバカみたい。

　ねぇ何、なんなの。

　私、全然知らないよ。小雪ちゃんなんて。

　というか、かーくんは好きな子がいるなんて、一度も教えてくれなかったし。

　なんか、なんか、嫌だ。

　悔しい……。

　かーくんのこと、なんでも知ってるつもりだったのに。

　急に置いてきぼりにされてしまった気分だよ。

　シュンとした顔で教室に戻ろうとしたところ、
「わーっ！　小雪ちゃんのパイすごーい！　上手〜！」

　と、奥のテーブルからまた別の女子たちが騒ぐ声がして。

　タイムリーなその名前に反応して振り返ったら、そこには想像以上にハイレベルな美少女が、エプロン姿で立って

いた。
「えへへ、そんなことないよ～っ」
　うわっ……。あれが、ウワサの小雪ちゃん？
　ヤバい。めちゃくちゃかわいい。
　なんだろう。顔が整ってるとか、スタイルがいいとか、それだけじゃなくて。
　いわゆる女の子らしさのかたまり、みたいな？
　顔は小さいし、色も白いし、華奢だし、見るからに守ってあげたくなるようなタイプ。
「お店で売ってるやつみたい！　おいしそ～！」
「どうしたらこんなにうまくできるのー？」
「え～っ、レシピどおりに作っただけだよー」
「小雪、料理の腕プロ並みだもんね。見習いたーい」
　そんな声が聞こえた。
　かわいくて、おまけに料理上手だなんて、男子からしたら最高だ。
「ねぇそれ、神楽くんにあげないのー？」
　──ドキッ。
　しかも、さっそく出てきた。かーくんの名前。
　やっぱり仲がいいのかな。
「えーっ、どうしようかなぁ？　神楽、甘いものそんなに好きじゃないみたいだし。でも、確かりんごは好きだって言ってたし、これは甘さ控えめに作ったから大丈夫かな」
「うん、大丈夫じゃない？　小雪のならもらってくれるよ。だって超おいしそーだもん」

「えーっ、そうかなぁ？」
　なんて言いながら照れたように笑う彼女は、まさに天使。
　かーくんのこと、彼女は"神楽"って呼び捨てにしてるんだ。
　かーくんが甘いもの苦手なことも、りんごが好きだってことも、知ってるみたいだし。
　私はかーくんの執事科での交友関係まではよく知らなかったけど、今の話を聞いたらかーくんと彼女は本当に仲がいいんだなって思って、なんだかとても胸が痛くなった。
　私の知らないところで、かーくんは実は仲良くしてる女の子がいて。その子のことを好きかもしれないだなんて。
　自分でも信じられないくらいに、ショック……。


「はぁ……」
　その日の放課後、今日は先生の都合で帰りのSHRがなかったため、いつもより早く教室を出た。
　だけど私はため息が止まらなくて。
　手に持った手提げ袋には、今日の調理実習で作ったクッキーが入ってる。
　私にしては珍しく上手にできたけれど、それでもせいぜい人並みレベル。
　いつもなら、かーくんに無理やりおすそわけするところなのに、今日はなんだか気が乗らなかった。
　だって、さっきあのウワサ話を耳にしちゃったから。
　あの内容が本当だとしたら、かーくんと顔を合わせるの

が少し憂鬱(ゆううつ)だ。
　べつに、かーくんは何もしてないのに、かーくん本人がそう言ったわけでもないのに。わけもなく気分が落ち込んでしまって。
　自分でも、なんでこんなにモヤモヤしてるのかわからないよ。
　執事科もちょうど今授業が終わったくらいの時間なので、昇降口にまだ迎えはない。
　このままかーくんを待つか、自分から執事科の昇降口まで行くか……そんなことを迷っていたら、うしろからレミにポンと肩を叩かれた。
「よっ。神楽くんのこと待ってるの？」
「えっ？　あー、うん。まぁ」
「なんか今日執事科より早く終わっちゃったっぽいね。仕方ないからカイのこと迎えにいってあげようかな〜。カイの焦る顔見ても面白いし。梨々香も一緒に行かない？」
　そう誘われて、やっぱり行こうかな、なんて思う。
「うん、いいけど」
「そのクッキーもさっそくあげればいいじゃん。うまくできたんだし、ね？」
「えっ」
　うーん。正直、今日はあげなくてもいいかな、なんて思ってたんだけどなぁ。
　かーくんが甘いものをもらって喜ぶかと言ったら、そうじゃないし。

なんだか急に、いろいろ考えてためらってしまう自分がいる。
「ほら、いいから行こう！」
　だけどそんな私をよそに、強引に歩きだすレミ。
　そのまま彼女に連れられて、執事科の校舎まで一緒に来てしまった。
　下駄箱の前まで来ると、ぞろぞろと執事科の生徒たちが靴を履き替えて出てくるところだった。
　さっそくカイの姿を見つけて駆け寄っていくレミ。
「あっ、カイみーっけ！」
　そして、かーくんもまた、そのすぐうしろから歩いてくる。
　だけど、その姿はひとりじゃない。誰かと話してる。
　それを見たとたん、私は心臓がドクンと嫌な音をたてたのがわかった。
　……ウソ。小雪ちゃん。
　かーくんと彼女は仲良さそうに並んで歩いてる。
　ふたりがこうして会話をしているのを見たのは、これが初めて。
　私はあのウワサは本当だったんだって、本当にふたりは仲がいいんだって、そう確信したら、また胸が苦しくなった。
「あっそうだ。神楽、これ……」
　靴を履き替えたところで、ふいに立ち止まる小雪ちゃん。
　そしてカバンから綺麗にラッピングした包みを取りだす

と、かーくんに手渡した。
「よかったら食べて！」
　かーくんは不思議そうな顔をしながらも、それを受け取る。
「何これ？」
「アップルパイだよ！　今日の調理実習で作ったの」
「アップルパイ？　いや、でも俺、甘いもの好きじゃねえし」
　一度は受け取ったものの、中身がお菓子だとわかると、少し渋い顔で包みを返そうとする。
　そんなかーくんの手首を笑顔でぎゅっと握って、受け取ろうとしない小雪ちゃん。
「いいからいいからっ！　今日のはめちゃくちゃ上手にできたからもらってよ。ねっ？　りんごたっぷりだよ」
　すると、かーくんは渋い顔をしながらも、
「……わかったよ」
　なんて、珍しく断らないものだから、ますます私は胸の奥でモヤモヤが増していった。
　なんだ。かーくんたら、女の子からのお菓子の差し入れは全部断ってるのかと思ったら、結局あの子からはもらうんだ。
　どうして？　あの子は特別なの？
　やっぱり、かーくんの好きな人って……。
「やった〜！　また感想聞かせてねっ！」
　大喜びする小雪ちゃんの姿を見て、私は自分の手に持った手提げ袋のヒモを、ぎゅっと握りしめる。

ほらね。やっぱり私のクッキーなんていらないじゃん。
　べつにかーくんにあげようと思って作ったわけでもないのに、さっきまであげなくていいなんて思ってたのに、ひどくガッカリしている自分がいる。
　まるで、先を越されたみたいな気分。
　急にその場にいるのが辛くなって、思わず逃げるように昇降口から外に出てしまった。
「……はぁ」
　もう、今日はこのままひとりで帰っちゃおうかな。
　かーくんのこと、迎えにこなければよかった。
　そしたら今のやり取りも見なくてすんだのに。
　それにしても、どうして私、またこんなにショックを受けてるのかな。
　自分で自分がよくわからない。
　今まで、かーくんのことでこんなに心をかき乱されたことなんてなかったのに。
　かーくんがほかの女の子と話していても、モヤモヤしたことなんてなかったのに。
　これじゃまるで、小雪ちゃんにヤキモチを妬いてるみたいだ。
　かーくんが女の子と仲良くしてるのが嫌だって思っちゃうなんて。本当に私、どうかしてるよ。
「……あれ？　りぃ？」
　するとその時、背後から聞き慣れた声がして。
　ハッとして振り返ったら、カバンを手にしたかーくんが、

すぐそばに立っていた。
　いつの間に……。
　その隣に小雪ちゃんはもういない。
「もう授業終わったの？」
　そう問いかけられて、無言でコクリとうなずく。
　そしたらかーくんはいつものように、私のカバンを取り上げて、それから私の手提げ袋に目をやった。
「ん？　何それ？」
　あぁ、もう。あまり見られたくなかったのに。
「な、なんでもないっ」
「……クッキー？　調理実習でもやったの？」
　ごまかしてみたけれど、すぐに中身に気づかれてしまい、あわてて袋をバッと隠す。
「へ、下手くそだから、見ないでっ！」
　明らかに不自然な態度を取ってしまう。
　するとかーくんは不思議そうに首をかしげながら、私の顔をじっと見た。
「なんでだよ。べつに気にしねぇよ」
「わ、私が気にするのっ！　それに、かーくんにはあげないもんっ！」
　ふとさっきの小雪ちゃんのハイクオリティーなアップルパイが思い浮かんで、わけもなく意地を張ってしまう。
　そしたらかーくんは急にムッとした顔になって、低い声で聞いてきた。
「は？　俺にはって……じゃあほかに誰かあげる奴でもい

るの？」
　なぜか怒ってるみたいな口調だし。
　しかも、まだ学校内にいるっていうのに、執事モードはどこかにいっちゃってるし。
「うっ……。し、紫苑にあげる」
　苦しまぎれに、思いつきでそう答えたら、かーくんはさらに顔をしかめる。
　同時に片手を差しだしてきて。
「じゃあ、俺にもちょうだい」
「えっ」
　いつも思うけど、紫苑の名前を出すとかーくんが不機嫌になるのは、なんでなんだろう。
「い、嫌だよっ」
　かたくなに拒否したら、かーくんもまたムキになったように言い返してきた。
「なんでだよ。つーか、なんでいきなり怒ってんだよ」
　ジッと顔を見つめられて。
　だけど、私だって妥協(だきょう)できない。
　だってだって、かーくんは……。
「甘いものなんて、好きじゃないくせに……」
「え？」
「かーくんは、おいしいアップルパイもらったんだから、それを食べればいいでしょっ!!」
　あぁ、言っちゃった。
　これじゃまるで八つ当たりしてるみたい。最悪だよ。

「はぁ？」
　間の抜けたような声を出すかーくん。
　するとそこに、タイミングよくある人物がひょっこりと現れて。
「おや、どうされました？　ケンカですか？」
　振り返ると、紫苑がきょとんとした顔で、私たちを交互に見ながら立っていた。
「あ、紫苑……」
「ゲッ」
「『ゲッ』とは聞き捨てなりませんね。神楽」
　紫苑はそう言いながら私のすぐそばまで来ると、手提げ袋をのぞきこむ。
「おっ、なんかいい香りがするなと思えば、クッキーですか？」
「あ、うん。今日調理実習で作ったの」
「おいしそうですね。あとでひとついただいてもいいですか？」
　ふわっと王子様みたいな笑みを浮かべながら問いかけられて、私はすぐにうなずいた。
「う、うんっ。いいよ」
「はっ!?　おい、なんだよそれっ」
　私たちのやり取りに、すかさず反応するかーくん。
　だけど、すぐさま紫苑に口を押さえられて、
「……おっと、神楽はまったく口が悪いですね〜。ここは学校ですよ？」

ますます顔を引きつらせる。
「……っ、うるせぇ」
「ん？　なんか言いましたか？　それよりせっかくなので、みんなで一緒に帰りましょうか」
　そして、少し強引に誘導する紫苑に連れられて、珍しく3人で一緒に帰ることになった。
「なんでお前もついてくんだよ」
「帰る家が同じですから。僕が一緒だと何か問題でも？」
「……チッ」
　かーくんは舌打ちして、めちゃくちゃ不服そうだったけれど。
　そのまま私とかーくんは、ちゃんとした会話を交わすこともなく家に着いて。
　結局、ギクシャクした空気のまま、その日が終わってしまった。
　どうしよう、バカだ私。
　なんでこんなふうになっちゃったんだろう……。

## もしかして、妬いてた？

　仲直りって、難しい。
　くだらないケンカなんていつものことなのに、今回はとくにそう思う。
　かーくんに変な八つ当たりをして、怒らせてしまった。
　かーくんは何も悪いことしてないのに、私が嫌な態度を取ったせいで、ふたりの間が気まずくなった。
　昨日、あのあとかーくんはずっとムスッとしていて、それをフォローするかのように紫苑が私の世話を焼いてくれたものだから、ますます話せなかった。
　会話は最低限の業務連絡のみ。
　今朝も一緒に登校したけれど、彼は終始(しゅうし)敬語。
　その態度を見たら、やっぱり怒ってるんだなぁって思って、胸が痛かった。
　悪いのは、すべて私。
　だけど、「ごめんね」って素直に言えない。
　だって、理由をどうやって説明したらいいのかわからないから。
「小雪ちゃんのことが好きなの？」とか、そんなこと聞けないし。
　小雪ちゃんと仲良くしてるのが嫌だったなんて、言えるわけがないし……。
　思いは堂々巡(どうどうめぐ)りするばかりで、自己嫌悪(けんお)が止まらない。

なんであんな、子どもみたいな態度を取っちゃったんだろう。
　私はたぶん、悔しかったんだ。
　かーくんはいつだって、まっ先に私のことを考えてくれて、私のために行動してくれていたから。
　だから、うぬぼれていた。
　どこかで自分は「かーくんの１番」みたいに思ってたんだ。
　かーくんは幼なじみで、小さい頃から誰よりも近くにいたから。
　小雪ちゃんと仲良く話すかーくんの姿を見て、まるでかーくんを取られてしまったみたいで嫌だった。
　子どもじみたヤキモチだって、自分でもよくわかってる。
　かーくんは執事である前に、ひとりの男の子なのに。
　恋愛をするのだって、友達付き合いだって、自由なのに。
　私は彼が、自分以外のほかの子をかまってほしくないって思っちゃったんだ。
　そんなこと思っちゃダメなのに。
　いつの間にか私の中には、自己中心的な独占欲が生まれていたんだ。


「なんか昨日からテンション低いね～」
　スケッチブックを片手にレミが話しかけてくる。
　今は美術の写生の授業の最中で、自分の好きな場所で、好きな風景を描いていいことになってる。

私とレミはどこに場所を取ろうか、さっきから校舎の周りをウロウロしていた。
「うーん。ちょっと、かーくんとケンカ中で……」
「ウソォ！　なんでまた？　この間、命を救ってもらったばっかりの身で」
「そ、そうだけど……。くだらない言い争いをしちゃったんだよ」
「ふーん。まぁ、私もカイに腹立てることはしょっちゅうだけどね。早く仲直りしなよ」
「うん……ありがと」
　私があからさまに元気がないのでレミには心配されてしまったけれど、くわしいことは話せなかった。
　こんな気持ち、誰にも言えない。
　どうしたらいいのかわからない。
「あ、でもほら、ウワサをすれば……」
　いきなりレミにトントンと肩を叩かれて。
　何かと思って顔を上げたら、そこには。
「執事科が体育の授業やってるよ！　神楽くんもいるんじゃない？　ほらっ！」
　どうしてこうもタイミングがいいんだろう。
　いや、タイミングが悪いというべきなのかな。
　目の前のグラウンドでは、執事科クラスの男子がサッカーの試合をやっているところで。
　もちろん、かーくんもその中にいた。
　長身で目立つから、少し遠くから見てもすぐにわかる。

だけど、同じくそこには女子たちもたくさんいて。
「神楽くん！　素敵～！」
「キャーッ！　神楽くん！」
　歓声をあげて応援するギャラリーの中に、小雪ちゃんの姿を見つけた瞬間、私はまた胸がズキンと痛くなった。
「神楽っ！　カイー！　がんばって～！」
　かわいらしい容姿も目立つけど、ほかの子たちよりワントーン高い彼女の声は、際だって聞こえやすい。
「うわーっ、見てみて、大人気！　神楽くんってやっぱモテてるんだね～。ここ、特等席だわ。私も見学しよっかなー」
「えぇっ！　ここで絵描くの？」
「いいじゃん。グラウンドの風景もありでしょ。汗もしたたるイイ男、プラス背景ってどう？」
「……なんか違う気がするよ～、それ」
　レミとは対照的に私のテンションは低い。
「えー、いいじゃん。なんでも」
　するとかーくん大好きなレミは、さっそく近くの階段に腰かけてスケッチをはじめて。
　私はしぶしぶ自分もそこに腰を下ろした。
「とりあえず、ゴールから描こっ」
　はりきっているレミの横で、ぼんやりとグラウンドを眺める。
　執事科って、かーくんのクラスって、いつもああいう感じなんだ。
　みんな仲良さそうだし、楽しそう。

あんまり私、ちゃんと見たことなかったな。
なんだか急に少し、かーくんの存在が遠く感じる。
自分はかーくんのことをなんでも知ってるようで、ホントは知らなかったんだって、あらためて痛感して、ちょっと寂しくなった。
試合が終わると、かーくんとカイくんは群がってくる女の子たちを適当に相手したあと、グラウンドの端まで歩いていく。
するとそこに、タオルを抱えた小雪ちゃんが駆け寄ってきて、それぞれの首に1枚ずつタオルをかけてあげるのが見えた。
笑顔で話しかける小雪ちゃんと、ニコニコ笑うカイくん、すました顔のかーくん。
距離が離れているので、会話の内容まではさすがに聞こえなかったけれど、3人で話すその姿は、とても楽しそうに見える。
——ドクン。
またしても、胸が痛い。
どうしてこんなに痛いんだろう。
かーくんって、ふだん特定の女の子とあんなふうに話したりしてたっけ？
昨日の女子たちの言うとおり、やっぱりかーくんは、小雪ちゃんのことを……。
思わず下を向いて、唇を噛みしめる。
そしたらその瞬間、グラウンドのほうから叫ぶような大

声がした。
「危ないっ!!」
　……えっ？
　——ドンッ!!!!
　鈍い音とともに突然、前頭部にやってきた強い衝撃。
　何が起こったのか、すぐにはわからなかった。
　だけど、痛い。すごく。
　頭が……。
「きゃーっ!!　梨々香！　大丈夫!?」
　レミが焦ったように声をかけてくる。
　それに次いで、グラウンドから人が駆けつけてくるのがわかった。
「やべっ！　当たったの特別科のお嬢様じゃねーかよ！」
「大変だっ！　ケガしてないか!?」
「も、申し訳ございませんっ!!　大丈夫ですか!?」
　何人もの声が聞こえるけど、頭がクラクラして、反応する余裕がない。
　だんだんと目が回って、視界がぼやけてきて。
　うぅ、なんだろう。何がどうなってるのかな？
「梨々香様ッ!!」
　その時一瞬、かーくんの声が聞こえたような気がしたけれど……。
　空耳かなぁ。
　そのまま私は意識を手放した。

……あったかい。
　ぬくぬくと心地よくて、お布団の中みたい。
　私は今、どこにいるんだろう。
　頭はまだ少し痛い。
　額がちょっとヒンヤリする。
　なんだか片手がやけにあったかいな。
　不思議に思って目を開けてみた。
「……あれ？」
　視界に映ったのは、白い天井。
　ここは、保健室？
　そっか。私、運ばれたんだ。
　すると横から誰かに声をかけられた。
「よかった。目を覚ました」
「えっ……」
　その声にドキッとする。
　……ウソ。かーくん？
　驚いて視線を向けると、そこにはなぜか、かーくんがイスに座った状態で、私を見下ろしながらぎゅっと手を握っていて。
　私はすぐには状況が飲み込めなくて、少しとまどったけれど、それを見て、手が温かかった理由がわかった気がした。
　だけど、どうしてかーくんが……。
「大丈夫か？」
　かーくんは心配そうに私の顔をのぞきこんでくる。

その言葉はもう、朝みたいに堅苦しい敬語じゃない。
　あんなに気まずかったのに、普通に話しかけてきてくれてる。
　そう思ったら、少し目が潤みそうになった。
「だ、大丈夫。でもなんで、かーくんが……」
「お前が倒れたから、運んできたんだよ」
「えぇっ？」
　かーくんが私のことを運んでくれたの？
「同じクラスの奴が調子こいてボール蹴飛ばしたら、大きくそれてりぃの頭にぶつかってさ。うちのお嬢様だから俺が手当てするって言ったんだよ。ケガはないみたいだからよかったけど、まだ痛いか？　頭」
　そう言われてやっと、今の状況を理解する。
　なるほど。だからかーくんがここにいたんだね。
「だ、大丈夫だよ、もう。そんなにたいしたことないよ」
「ならよかったけど。ごめんな、守れなくて」
「えっ」
　なぜか急に謝ってくるかーくん。
　もしかして、執事としての責任を感じてるのかな？
　私が昨日あんな嫌な態度をとったにもかかわらず、こうして謝ってきたり、なんだかんだ世話してくれるかーくんは、やっぱり優しい。
　やっぱり、大好き……。
　今までのかたくなな気持ちが溶けていくようで、もういいかげん意地を張るのはやめようって思った。

ゆっくりと体を起こす。
「そんな、かーくんが謝ることじゃないよ。あれはかーくんには防ぎようがなかったと思うし、ボーッとしてた私が悪いんだし」
すると、それを聞いたかーくんは、フッと少しだけ笑って。
「てか、やっと俺と話す気になったんだな」
「え……」
「もう怒ってないのかよ」
やっぱり、そのことをかーくんも気にしてたんだ。
「なんで昨日はいきなり怒ってたわけ？　俺、なんかしたっけ？」
それを聞かれてしまうと、ちょっと困る。
だから、ついごまかしてしまった。
「い、いや、何も……。なんでもないよ」
言えないよ。
「ウソつけ」
すかさず逃げるなと言わんばかりに、かーくんは私の手をぎゅっと握りしめ、引き寄せてくる。
「言えよ」
「……っ」
かーくんのまっすぐな視線が突き刺さる。
握られた手が、だんだんと汗ばんでくる。
やっぱりもう、これは、正直に言うしかないのかな。
そう思った私は次の瞬間、ポロッと本音を吐きだしてし

まった。
「だ、だって、かーくんが……アップルパイもらうから……」
　語尾(ごび)がだんだんと小さくなる。
　だけど、彼にはちゃんと聞き取れたらしく、即座に反応が返ってきた。
「え、アップルパイ？」
　なんだそれって顔してるけど。
　もうこの際、全部聞いてしまおう。
「……かーくんは、あの子のことが好きなんでしょ？」
「はっ？」
「小雪ちゃんのことが、好きなんでしょ？　私、かーくんに好きな子がいたなんて、知らなかったよ……」
　話しながら、なぜか泣きそうになってくる。
　そしたらかーくんは、ポカンとした顔のまま。
「誰がそんなこと言ったんだよ」
「えっ。だって、かーくんのクラスの子が言ってたよ。かーくんには好きな人がいるって、それが小雪ちゃんっていう子だって。だから私のクッキーなんかもう、あげなくていいやって思って、それで……」
　私がそこまで話すと、かーくんは急に黙り込む。
　それを見たら、なんだか嫌な予感がして、胸がズキズキ痛くなってきた。
　何も言わないってことはやっぱり、かーくんは……。
「はぁ……」

すると突然、大きなため息をつく彼。
　そして次の瞬間、呆れたような顔で。
「なんだよそれ。とんだデマ流されたもんだな」
「へっ？」
　……デマ？
「べつにまったく好きじゃねぇよ。ただのクラスメイトだよ」
　えっ、そうなの!?
　想定外なことに、思いきり否定されてしまった。
「ウ、ウソッ！　でも、すごく仲いいじゃん！　よくあの子と一緒にいるの見かけるし」
　じゃあ、あれはやっぱりただのウワサだったのかな？
　私はかーくんがあんなふうに女の子と親しくしてるところ、初めて見たんだけど。
　内心ホッとしながらも、半分ホントかな？なんて思って聞いてみる。
　そしたらかーくんは、少し困ったような顔で話してくれた。
「いや、仲いいっていうか……アイツはカイの従姉妹だから。なんとなく俺も一緒にいたりするだけで、そこまで仲良くねぇし」
「えぇっ！　カイくんの従姉妹なの!?」
　そうだったの？　小雪ちゃんが？
「うん」
「ウソ……知らなかった。でも、カイくんはレミの家の専

属の家系のはずだけど、私、レミから小雪ちゃんの名前聞いたことないよ？」
　この世界、家系的なつながりは厳格で、誰が誰の家とか、人間関係も複雑だったりするんだけどな。
　なんでだろう。従姉妹なのに。
　うちの紫苑みたいに、彼女はレミの家に仕えてるんじゃ……。
「あぁそれは、小雪はアイツ、白鳥家には仕えてないから。カイの母方の従姉妹だし」
「えっ、そうなんだ？」
「カイが小雪とすげぇ仲いいんだよ。兄妹みたいに。俺はべつに、そこまで仲良くない」
　そう言われて、なるほど、と少し納得すると同時に安心する。
「じゃあ、好きじゃないの？」
「好きじゃねぇよ」
「なんだ……」
　よかった。
　でもじゃあ、あの『好きな人がいるからって言ってた』っていうのは、なんだったのかな？
　ただのウワサなのかな？
　すると、今度はかーくんから私に問いかけてきた。
「つーか、俺が小雪のこと好きだったら、りぃは嫌なの？」
「えっ！」
　思いがけないことを聞かれて、心臓が飛び跳ねる。

「うっ……。えーっと、嫌っていうか、その……」
「だから怒ってたのかよ？」
「……っ」
　ヤバい。どうしよう、バレてる。
　私が言葉に詰まって下を向くと、かーくんは頭にポンと手を乗せてくる。
　それからクスッと笑った。
「何。もしかして、妬いてた？」
　——ドキッ。
「そっ、そういうわけじゃ、ないけど……」
　あぁっ、もう。なんて答えればいいの。
「……ぷっ、ほんとに？」
　かーくんはまた笑う。
　だから私は必死で否定した。
「なっ、違うよっ！　妬いてなんかないもん！　ただ、かーくんに好きな子がいると思ったら、なんとなくショックだっただけでっ」
「へぇ。ショックだったんだ」
　かーくんがニヤリとした。
　あっ……。
　やだ、私ったら何正直に話してるんだろう。
　じわじわと顔が熱くなってくる。
　これじゃ、ヤキモチ妬いてましたって言ってるようなものじゃん。
　もうやだ。恥ずかしすぎるよ。

すると、かーくんは狼狽する私を見て、ますます笑いだして。
「ははっ」
　笑い終えたかと思ったら、
「……お前、ほんとかわいいのな」
「へっ？」
　思いがけないことを言われた。
　ちょ、ちょっと待って。今なんて言ったの？
　かーくんが、私に、かわいい？
「なっ、何……言ってんの？」
　思わずうろたえてしまう。
　だけど、かーくんはあくまで冷静に答える。
「いや、思ったことを言っただけ。でも安心しろよ。俺、当分彼女とか作る気ないから」
「えっ。そうなの？」
「うん。だってここに、いつもトラブルに巻き込まれる、手のかかるお嬢様がいるから、それどころじゃねぇしな」
「え……」
　そう言われて、なんともいえない気持ちになった。
　なんか、それって……。
「何それ。私のせい？」
　私のせいで彼女を作れないって言われてるみたいなんだけど。
「うん、そう。それで俺が一生独身になったら、りぃのせいだからな」

「えぇーっ！ ちょっと待ってよっ！」
　ウソッ、冗談でしょ！　べつに私、一生独身でいろなんて、そこまでは言ってないし……。
「だって、俺に好きな奴できたら嫌なんだろ？」
「……うっ」
　だけど、そう問われたら、Noとは言えない。
「いや、それは……っ」
　思わず言葉を濁したら、かーくんは呆れたようにまた笑った。
「ったく。ワガママだな、りぃは」
「なっ！」
　ワガママ!?
「そんなに俺につきっきりで面倒見てほしいわけ？」
　からかうような笑みを浮かべる彼。
　だけど、なぜだかちょっと、その顔はうれしそうに見える。
　私はもうここまできたら、覚悟を決めて、素直に自分の気持ちを打ち明けるしかないのかなと思った。
「そ、そういう意味じゃ、ないけど……。ただ、かーくんに彼女とかできたらなんか、かーくんが遠くへ行っちゃうような気がして。さ、さみしかったっていうか……」
　そう。ちょっと寂しかったんだよ。
　かーくんが、私だけのかーくんでなくなってしまうのが。
　そのとおり、ワガママなのかもしれないけど。
　すると、かーくんは再び私の手をぎゅっと握る。

そしてまっすぐに私を見つめながら、こう言った。
「行かねぇよ。俺は」
　……えっ?
「お前が俺を必要とする限り、俺はお前のそばにいるから」
　——どきん。
　何それ……。
　その言葉に、思わずちょっとだけ泣きそうになってしまう。
「かーくん……」
　やっぱりこんなに頼もしい人は、どこを探してもいないって思った。
　同時にすごく安心する。
　かーくんがずっと私のそばにいてくれるんだと思ったら、それだけですべてが大丈夫な気がする。
　この人を失うことが、一番怖いって思う。
　かーくんは私から離れていったりなんてしないよね?
　ずっと、私たちは一緒だよね?
　一緒がいいよ。
「ひ、必要に決まってるじゃんっ。ちゃんと私がおばあちゃんになっても面倒見てよねっ。約束だよ?」
　かーくんの手を握り返す。
　そしたら彼もまた、ぎゅっと握り返してくれた。
「当たり前だろ。それが俺の使命なんだよ」
　……だって。なんか、カッコいい。
　やっぱりかーくんは、子どもの頃から変わらない。私の

ヒーローだ。
　私にはやっぱり、かーくんがいないとダメなんだ。
　だから、ちゃんと謝ろう。今度こそ。
「ごめんね、かーくん」
「え？」
「嫌な態度を取っちゃって、ごめん」
　そしたらかーくんはいつもみたいに、仕方ねぇなって顔をして、許してくれた。
「もういいよ。そのかわり、今度は俺にもクッキーよこせよ」
「えっ」
　クッキーって、昨日の？
「かーくん、あのクッキーそんなに食べたかったの？」
「うん」
　ウソ。
　まさか、かーくんがあのクッキーのことをまだ根にもってたなんて。
　もしかして、だからずっと怒ってたのかな？
　でも変なの。かーくん、甘いもの苦手だから、クッキーなんてそんなに好きじゃないはずなのに。
「わ、わかった。また作ったらあげるよ」
　昨日のぶんは、結局紫苑と全部食べちゃったからなぁ。
「おいしくできるかどうかは、わかんないけど……」
　私が自信なさげに答えると、かーくんは右手をひょいっと差しだしてくる。
「つーか、今度から全部俺にちょうだい」

「へっ？　全部？」
「うん。ほかの奴にあげるの、禁止だから」
「え……」
　それを聞いて不思議に思った。
　かーくんは一体、なんでそんなに私が作ったクッキーにこだわってるんだろうって。
　まぁ、あんなのでも欲しいって思ってもらえるのは、うれしいんだけどね。
　どうしてかな？
　これじゃまるで、かーくんも紫苑にヤキモチ妬いてるみたいだよ。
　……なんて思ったことは、本人には秘密。

## 帰り道の恐怖

　その日の朝のSHRは、いつもより先生の話が長かった。
　何やら大事な忠告があるとかで。
「えー、今日はみんなに聞いてもらいたいことがある。実は最近、変な事件が相次いでいてな」
　変な事件……？
「ウワサを耳にした者もいるかもしれないが、うちの生徒がすでに何人か被害に遭っている」
「えぇっ！」
「なになに!?」
　とたんにクラス全体がざわつく。
「わが青蘭学園の生徒を狙って悪質なイタズラをする人物がいるらしい。昨日もある女子生徒が、迎えの車を待っていたところ、背後から何者かにスカートを切りつけられた。その前にも、塾帰りの女子生徒ふたりがスカーフやカバンを切られている」
　ウソ、何それっ。怖い……。
「今のところケガ人は出ていないが、犯人はナイフを所持していて、しかも逃げ足が速いため捕まっていないとのことだ。みんなも登下校時には細心の注意を払ってくれ。とくに女子。執事科に専属の男子生徒がいたら必ず一緒に行動すること。絶対にひとりにならないこと。いいな？」
　先生の話に、クラスのみんなが無言でうなずく。

なごやかだった教室の雰囲気が、一気に不安と恐怖で包まれた瞬間だった。
　それにしてもまさか、近くでそんな恐ろしい事件が起こっていたなんて……。
「やだねー。超怖〜い」
「うちの学校の生徒だけ？　狙われてるのは？」
「らしいよ。女子の制服切り裂くのが趣味とか変態だよね」
「髪の毛を切られた子もいるみたい。切られないようまとめておこうかな」
　１時間目が終わって休み時間になると、みんなその話題で持ちきりだった。
　レミもすごく不安そうにしている。
「ねぇ梨々香、しばらく徒歩通学はやめたほうがいいんじゃない？」
「えーっ、でも……」
「ただでさえうちの制服は目立つのに、徒歩なんて超ヤバいよ。いつどこで犯人が現れるかわかんないしさぁ。私、迎えの車が着くまで学校から出たくないもん」
　レミの言うことは、もっともだと思う。
　だけどいきなり車送迎に変えるっていってもなぁ。
「いや、それがさぁ、うちの運転手の佐野さんが最近ギックリ腰になっちゃって」
「はぁぁ!?」
　レミが目を丸くする。
　そう。こんな時に限って佐野さんが療養中なんだよね。

「何それ、タイミング悪っ！　代わりの運転手いないの？」
「うん。パパの運転手は秘書の辰馬おじさんがやってくれてるから、佐野さんしかいないかも。ほかにも運転ができる人はいるんだろうけど、慣れてないのにいきなり頼めるかどうかはわかんないし……。それに、私にはかーくんがついてるから大丈夫だよ」

　そう。どうせかーくんと一緒に帰るから、ひとりになることはないし、大丈夫。

　私が自信満々に言い切ると、レミはニヤッと笑う。
「やだぁ、何それ〜！　仲直りしたとたんにそれだもんね。頼もしい執事でうらやましいわ。私も『カイがついてるから大丈夫』とか言ってみたーい」
「はは……」

　レミにとって、カイくんは相変わらず頼りないみたい。
「まぁ、たしかに柔道と空手をはじめ、格闘技を極めてる神楽くんがいれば大丈夫かもね。もしかしたら犯人捕まえてくれちゃったりして。でも、とにかくお互い気をつけようね」
「うん」

　私も多少不安な気持ちはあったけど、かーくんがいると思ったら、やっぱり心強かった。
　まぁきっと、大丈夫だよね。
　はやく犯人捕まらないかなぁ……。


「あぁ、例の切り裂き魔だろ？」

放課後。かーくんに事件のことを話したら、やっぱり彼も知っていた。

執事科でも先生から話があったみたい。
「マジやべぇよな。ほんとなら送迎頼んだほうがいいんだろうけど、佐野さんが今あんなだし、今日は仕方ないな」
「うん。車送迎でも狙われる子はいるみたいだし、気をつけて早足で帰れば大丈夫だと思う。それに、かーくんもいるしね」

私がそう言うと、こちらを振り向くかーくん。

そして、ポンポンと頭に手を乗せてきた。
「うん。りぃのことはちゃんと、俺が守る」

なんて、実に頼もしい。

昔からかーくんは、私を守ることに関しては、どこか使命感を燃やしているようなところがある。

それは辰馬おじさん譲りの性格なのか、小さい頃からの習慣なのかはわからないけど。

いつだって、こんなふうに言ってくれるのがすごくうれしかった。

口先だけじゃなくて、今まで何度も守ってくれてきたしね。

やっぱり、カッコいいなぁ。

並んで校門を出ると、すかさず手をぎゅっとつないでくるかーくん。
「……わっ」

いつもだったら最初から手をつないだりしないので、少

しドキッとしてしまった。
「危ないから、俺から離れんなよ」
「う、うん」
　なんかまるで、彼氏が彼女に言うセリフみたいだ。
　特別な意味はないってわかってるのに、ちょっとだけときめいてしまった自分に驚く。
　なんか私、やっぱり変だよね。
　かーくんのことを、いつからこんなに意識するようになったんだろう。
　べつに恋愛感情があるとか、そういうわけじゃないはずなんだけど。
　やっぱり最近のかーくんは、やたらとカッコよく見えるんだ。
「ねぇ、犯人って何歳くらいなのかな？」
　歩きながら、かーくんに話しかける。
「うーん、ハッキリはわかんねぇけど、目撃情報によると見た感じ20代後半から30代半ばくらいの細身の男だって。サングラスかけてキャップをかぶってるらしいから、顔はよくわからないみたいだけど、似たような奴がいたら警戒しねぇとな」
「へぇ……」
　どうやら執事科にはもっとくわしい情報が伝わっていたみたい。
　うちの担任は、サングラスの男だってことくらいしか話してくれなかったのに。

思わず周りをキョロキョロ見回してみる。
　だけど、犯人らしき怪しい人は今のところ見当たらない。
「ほんとにこのあたりにいるのかなぁ」
「まぁ、今日はまた別の格好してるかもしんねぇけどな」
「そっか。そうだよね」
　そう言われると、周りの人がみんな怪しく見えてくる。
　思わずかーくんの手をぎゅっと強く握ったら、その瞬間、近くを歩いていた女子高生がヒソヒソと話す声が聞こえてきた。
「ねぇ、あのカップル！」
「ほんとだ、すごい美男美女～！」
「彼氏超カッコいい！　いいなぁ～幸せそうで」
　どうやら彼女たちは、私とかーくんのことをカップルだと思ったみたい。
　手をつないでるせいかな。
　しかも、幸せそうだなんて言われてしまって、ちょっと照れくさい気持ちになった。
　周りからは、私たちってそんなふうに見えるんだ。
「ねぇかーくん」
「ん？」
「なんか私たち、カップルに見えるみたいだよ」
　こっそりかーくんにも伝えてみる。
　そしたらかーくんは一瞬目を見開いたかと思うと、すぐにフイッと顔をそらして。
「……ふーん。べつに俺はかまわないけど」

なんて、意外にも全然気にならないみたい。
　平気なんだ。
「りぃは困るの？」
「えっ」
　突然、そんなことを聞いてくるかーくん。
　でも正直、私だって同じ気持ちだった。
「ううん、全然」
　べつに、知らない人にそう思われたってまったく平気だ。
　同じ学校の人に手をつないでるところを見られちゃったりしたら、まずいような気もするけれど。
　かーくんとなら、誤解されるのは決して嫌じゃない。
「困らないよ！　平気。まぁ、私とかーくんが付き合ったりしたら、おかしいけどね」
　実際にそうなることは、まずありえないけれど。
　だけど私が笑顔でそう告げたら、かーくんは困ったように笑って。
「はは、まぁな……」
　あれっ？
　その表情が心なしか、ひどく寂しそうに見えたのは、気のせいかな。
　まるで、傷付いたみたいな顔。
　それを見たらなぜか、私まで少し寂しい気持ちになってしまった。
　なんだろう、変なの。
　かーくん、どうしてそんな顔するのかな……。

夕方の駅のホームは電車を待つ人でごった返していた。
　乗車口のラインの前に、小さな行列がいくつもできている。
　私とかーくんは、５両目の乗車口の列の一番うしろにふたりで並んでいた。
　かーくんはずっと手をしっかり握ってくれている。
　時々周りを見回して、警戒しながら。
　私は自分も気をつけなくちゃとは思っていたけれど、かーくんがピッタリそばについていてくれてることにひどく安心してしまって、さっきまでの恐怖心は、いつの間にかどこかへ消えていた。
　ダメだなぁ。すぐに気がゆるんじゃう。
　だから私はいつものん気だって言われるのかな。
　――タラララン♪
「まもなく電車が到着します。お乗りの方は、黄色いラインの内側に……」
　電車到着を伝える音楽とともに、アナウンスが流れる。
　その時、前にいた黒いリュックを背負った男の人が、ポトリとパスケースを下に落としてしまった。
　私はそれをすかさず拾う。
「あ、あのこれっ、落ちましたよ！」
　電車が来る前にと思い、急いで声をかけたら、その人は振り返ってすぐに受け取ってくれた。
「どど、どうもっ、ありがとうございますっ。へへへ、へへっ」
　無精ヒゲを生やしたその男性は、なにやら挙動不審な様

子で、私を見てやたらとニヤニヤしている。
　それを見たら思わず少しゾッとしてしまったけれど、すぐに乗車口のドアが開いたので、かーくんに手を引かれるままギュウギュウに混雑（こんざつ）した車内に乗り込んだ。
　──ガタン、ゴトン……。
　夕方のラッシュで、車内はすごく混みあっている。
　もちろん、さっきの男の人も一緒で、ドアの前のすぐ近い位置に立っていて。
　なぜだかずっとジロジロ見られているような気がするのは、気のせいかな？
「……ハァ、ハァ」
　しかもなんか呼吸が荒い気がするし、ちょっと気持ち悪い。
　暑いのかな？
　たしかにすごく混んでて、酸素が薄いような気もしなくはないけど。
　──ドンッ。
　するとその時だ。
　突然かーくんが、片手をドアについたかと思えば、少しこちらに寄りかかるように身を寄せてきた。
　私は背中がますますドアにピッタリくっついて、かーくんに囲い込まれるような体勢になって。
　え、ウソ。どうしたの、急に。
　これじゃ、まるでアレだ。壁ドンならぬ、あの……。
　かーくんはそっと私の耳もとに顔を近づけてくる。

ただでさえ狭い車内で密着してるのに、ますます距離が近くなって、さすがに恥ずかしくなってくる。
　すると次の瞬間、ボソッと小声で。
「……あの男、りぃのこと、すっげぇジロジロ見てる」
「えっ」
　ウソ。やっぱりかーくんも気づいてたんだ。
　もしかして、だからこんな体勢に？
「俺に隠れてろ。絶対目合わせたりとかすんなよ」
　――ドキッ。
　どうやら私を、あの人の怪しい視線から守ろうとしてくれたみたい。
　やっぱりすごいよ。かーくんは。
　本当に頼りになるなぁ。
　いつだって、私のピンチにすぐ気がついて、守ってくれる。
　今のだって、かーくんに言われなかったら本気でおかしいとは思わなかったと思うし、やっぱり私は警戒心が少し足りないのかもしれない。
　今朝先生からあんな話があったばかりなのに。
　もしかしたら、あの男の人が犯人だっていう可能性もなくはないのに。
　私ったら、全然気をつけてなかった。
「あ、ありがとう。かーくん……」
　思わずしがみつくように、かーくんのベストを片手でぎゅっと握る。

なんだかすごくドキドキしたけれど、安心した。
　かーくんにくっついていると、妙に落ち着くんだ。
　この人になら身をあずけていいと思ってしまう。
　混みあった車内の圧迫感も、ざわめきも、あの男の人の視線も、急に気にならなくなる。
　かわりに彼の心音だけが、耳に心地よく響いていた。
　だけどなんだろう。
　かーくんまで、ドキドキと少し鼓動が早いような気がするのは、気のせいかな？

　駅に着いて電車を降りるとすぐに、急ぎ足で改札に向かった。
　さっきの男の人も同じ駅で降りたから、少し怖い。
　だけど、その男は改札を出るとすぐに、うちとは逆方向の出口へと歩いていった。
　思わずホッとして胸をなでおろす。
「よかった。いなくなったな」
「うん。よかったぁ……」
「たぶん、アイツはきっとただの変態だよな。犯人じゃないな」
　かーくんも安心した表情を見せる。
　でもほんと、犯人じゃなかったみたいだからよかった。
「なんか、いろんな人が怪しく見えて怖いね」
「あぁ。マジ気が抜けねぇ」
「でも、かーくんがいてくれてよかった」

私がそう口にすると、かーくんはフッと優しく微笑む。
　そしてまた、ぎゅっと手をつないできた。
「まぁ、危なっかしくてこっちは大変だけどな」
　なんて言われてちょっと反省する。
　たしかに私、警戒心が足りないよね。
「へへっ、ごめんね」
　だけど、かーくんがいてくれたらやっぱり、何があっても大丈夫なんじゃないかって思える。
　どんな時でも守ってくれるって、信じてるから。
「頼りにしてますっ」
　笑ってそう言ったら、コツンと頭を叩かれてしまった。
「バカ。アテにすんな。自分でももっと気いつけろ」
「はーい」
　本当に、こんなに頼りになる執事様は、ほかにいないよね。きっと。
　ウワサの犯人はまだ捕まっていないみたいで、少し怖いけれど。
　かーくんがいてくれるなら、きっと大丈夫。
　そんな気がしていた。


　それから約1週間。
「まだ犯人捕まらないんだってー」
「怖いよね。被害は続いてるし。なんで捕まらないんだろ」
「最近学校行くのが怖くなってきちゃった」
　結局例の切り裂き魔はいまだに捕まらず、学校の先生た

ちも、保護者たちも、みんな頭を抱えていた。
　警察もちゃんと動いてくれているみたいだし、学校も授業時間を短縮し、早めに下校させたりしてるのに、いまだに被害がなくならない。
　犯人は毎回いろんな格好で現れるため、パッと見て判断ができないらしく、目撃情報も、報告される容姿がバラバラで、警察側も困っているみたいだった。
　生徒たちも恐怖心がつのるばかりで、あえて欠席する子も相次いでいる。
　安心して学校に通うことができない。元の平穏な日常に早く戻りたい。
　みんながそう強く願っていた。
「梨々香様、お迎えにあがりました」
　今日も放課後は、かーくんが昇降口まで迎えにきてくれる。
　私は佐野さんがいまだに療養中なのもあって、結局ずっと徒歩通学を続けていた。
　歩くほうが好きだし、何よりかーくんがついていてくれるから。
　パパだって、かーくんのことはかなり信頼してるから、大丈夫だと思ってくれてるみたいだし。
　何事もなく、今日も無事に家に着けたらいいな、そう思っていた。
「あーっ！　今度はプレミアムチョコレートまんだって！」
　帰り道、コンビニの前を通ると、入口ののぼりが新しく

なっていて、思わず目を奪われる。
「チーズもよかったけど、チョコレートもかなり魅力的じゃない？」
　隣のかーくんに問いかけてみたら、かーくんはまた呆れたように笑った。
「はぁ。こりねぇな、りぃは。ダメだっつってんだろ」
　やっぱり。コンビニ禁止なのは相変わらずみたい。
「わかってるよ～。でも、おいしそうじゃない？　チョコまんとかどんな味なんだろう？　食べてみたいなぁ」
　そうつぶやいてはみるけれど、かーくんはそんな私を冷たい目で見つめると、
「そんなの食ったらまた太るぞ」
「……なっ！」
　今私が一番気にしていることを口にしてきた。
　ひどい。
「ちょっと！　それ言う～？　気にしてるのにっ！」
「だったらもっと、甘いもの控えたほうがいいんじゃねぇの？」
「わ、わかってるよっ！　でも食べたくなっちゃうんだもん！」
　実は最近私、おやつを食べすぎたのか、体重が２キロくらい増えちゃったんだ。
　それでたびたびかーくんにからかわれてて。
　何かにつけて、太るぞって。意地悪だよね。
「それに、りぃは運動はしても、頭使わねぇからな。頭脳

労働ってカロリー消費するんだぜ」
　しかもまたそんな、イヤミなことを！
　そのとおり、勉強は好きじゃないけど。
「むぅ～っ、何それっ。だから太るって言いたいの？」
「うん」
　かーくんはうなずくと、笑いながら私の頬をぷにっとつまむ。
「ほら」
「ちょっ！」
　私はさすがにムッとして、思わずつないでいた手をバッと離してしまった。
「もういいっ！　かーくんのばーか！」
　そのままスタスタと早足で歩いていく。
　ひどいよっ、かーくんったら。バカにして。
　たしかに、昨日は紫苑が作ってくれたパンケーキを３枚くらいペロリと一気に平らげて、そのあとお腹いっぱいで眠くなって、マチコ先生との勉強の時間に居眠りしちゃったけど。
　太る太るって、そればっかり。
　そこまで体型変わってないもん！
　だけど、ムスッとしたまま大股で歩いていたら。
　　──ガシッ！
「……わっ!?」
　いきなりうしろから腕が伸びてきて、はがいじめにされた。

何が起こったのかわからなくて、一瞬頭の中がまっ白になって心臓が飛び跳ねる。
　でもその匂いは、知らない匂いじゃない。
「バカ、危ねぇから。俺から離れんなっつってんだろ」
　──どきん。
　やっぱり、かーくんだ。追いかけてきてくれた。
　かーくんはそのまま私を、ぎゅっと自分の腕の中に閉じ込める。
　なんだか抱きしめられているみたいで、またドキドキした。
　変なの、私。怒ってたはずなのに。
「だ、だってっ、かーくんが意地悪言うから……っ」
　かーくんの腕に、自分の手をかける。
「冗談だよ。真に受けんな」
「真に受けるよ～」
「ごめん」
　そんなふうに素直に謝られたら、怒りが一気にしぼんでしまう。
　しょうがないなぁ、もう。
「じゃあもう、そのことについてはいじらないでね」
「はいはい」
「ほんとにごめんって思ってる～？」
「思ってるよ」
　手を離して振り返れば、かーくんは笑ってる。
　まるで少年みたいなイタズラっぽい笑顔。

それを見たら、やっぱりなんだか憎めなくて、ムッとしていた気持ちはどこかへ吹き飛んでしまった。
「だからほら、行くぞ」
　かーくんは再びぎゅっと手をつないでくる。
　その手があったかくて、安心する。
　たまに意地悪だけど、口が悪い時もあるけど、かーくんはなんだかんだ、とっても優しいから。
　私は結局意地を張り続けることができないんだ。
　この心地いい関係が、ずっとずっと続いてほしいと思う。


　しばらくそのまま駅に向かって歩いていたら、いつも通る階段にさしかかった。
　だけど階段の前にはひとりのおばあさんが立っていて、なにやら上りづらそうにしている。
　大きい荷物を抱えてるから、そのせいかな。
　手伝ってあげようかな。
　そう思っていたら、私より一足先に、かーくんが気づいて駆け寄っていった。
「大丈夫ですか？　荷物、持ちますよ」
「あらまぁ、お兄さん。優しいねぇ。すまないねぇ」
「いえいえ。まかせてください」
　荷物を片手に持ち、おばあさんの腰を支えてあげるその様子はまさに紳士。
　さすが、かーくんだなぁって思った。
　こういう時にサッとすぐ動けるのも偉いな。

だけどその様子を感心しながら見ていたら、突然誰かに声をかけられた。
「あのー……ちょっとすみません」
　振り返ってみると、ニット帽をかぶってマスクをした女の人が立っていて。
　ゆったりとしたブラウスにロングスカートをはいたその女性は、背が高くて、わりと体格がよくて、風邪をひいているのか、声が少しかすれている。
　顔は茶髪のロングヘアとマスクに隠れてよく見えない。
「はい。どうされました？」
「ちょっと、道を聞きたいんですけど……」
「あ、はい。どこへ行かれるんですか？」
「いちごドラッグという店を探してるんです」
　……いちごドラッグ。それならすぐ近くだ。
「あぁ、それならこっちですよ！」
　聞かれたお店へと道案内してあげる。
　階段の前の道を先に進むと、いちごドラッグの看板(かんばん)が見えてきたので、そこまで連れていったところで、彼女に別れを告げた。
「あそこですよ。それじゃあ私はここで」
「あ、ありがとうございました」
　かーくんのところへ戻ろうと、背を向ける。
　すると次の瞬間、いきなりうしろからガシッと腕をつかまれた。
「ふふふ。つーかまーえた」

——ドクン。
　えっ？　何？
　しかも、この声は……。
「道案内、ありがとな。やっとふたりきりになれたよ。ヒヒヒ」
「へっ!?」
　驚いて振り返るとそこには、今道案内をしてあげたはずの彼女……いや、違う。
　これは……男!?
　マスクを取ったその人は、よく見たら女性ではない。
　なんと、女装(じょそう)した男だった。
　私の腕をつかんでいる手は大きくて骨張っているし、ロングヘアからのぞく顔はうっすらメイクしているけど、明らかにヒゲの剃(そ)り跡がある。
　ウソでしょ。
　何この人。なんでこんな格好してるの？
　やっとふたりきりになれたって、どういう意味？
　答えの出ない疑問が、頭の中をグルグル回る。
「な、なんですか!?　ちょっと、離してっ！」
「嫌だね。こっち来な」
「……やっ!!」
　あたりに通行人の姿はない。
　男は抵抗する私を無理やり引っぱって、すぐそばのビルの陰まで連れていくと、ブロック塀(べい)に背中ごとドンと押しつける。

「やだっ！　離してよっ！」
「黙れ」
「……んぐっ！」
　そして私の口を片手で押さえつけたかと思えば、持っていたバッグのポケットから何か光るものを取りだした。
　それを見た瞬間、心臓が飛び跳ねる。
　……えっ。これはまさか、ナイフ？
　やだ。じゃあもしかして……。
　この男が切り裂き魔だったの!?
　どうしよう!!
「ふふふ……。たまんねぇな～、その顔」
　男はナイフを持ちながら、おびえる私を見てニヤリと笑う。
　私はとたんに体中がブルブルと震えてきて、今さらのように、かーくんから離れたことを激しく後悔した。
　あぁ、バカだ私。
　ダメだってわかってたはずなのに。あんなに気をつけろって言われてたのに。
　私の警戒心が足りないばっかりに。
　どうしたらいいの？　怖いよ……。
「ん～っ！　ん～っ！」
　必死で大声を出そうとするけれど、口を押さえられているため言葉にならない。
　助けを呼ぶことも、逃げることもできない絶望的な状況に、思わず涙がにじんだ。

嫌だ。嫌だよ……。
　誰か助けてよ。
　お願いだから、かーくん、気がついて。
　男は私のセーラー服のスカーフにナイフをあてると、サッと下に引く。
　その瞬間、赤いリボンがふたつに切れて、はらりと左右にぶら下がった。
「ヒヒヒヒ。ゆっくり楽しませてもらおうかな」
「……っ！」
　やだ。本当に切られちゃった。
　恐怖のあまり声が出なくなる。
　男は今度はスカートをナイフでめくり上げると、スーッと持ち上げるように引っぱって切り目を入れる。
「いいねぇ〜。やっぱり青蘭の制服が一番だよ」
　私はもう、抵抗することさえできなくて、ただ震えながらじっとして、おびえるばかりで。
　今度こそ本当に、もうダメかもしれないと思った。
　このまま私、どうなっちゃうの？
　体まで切りつけられるの？　それとも襲われちゃうの？
　恐怖のあまり、体が動かない……。
　人間って、本当に心の底からの恐怖を感じると、何もできなくなっちゃうんだ。
　もう、この人の気がすむまで耐えるしかないのかな。
　観念するような気持ちでぎゅっと目をつぶった、その時だった。

「りぃっ!!」
　どこからか聞こえてきたかーくんの声に、私はハッとして再び目を開けた。
　同時に男も背後を振り返る。
「……っ！　誰だ!?」
　すると、私の姿を見つけたかーくんが、勢いよくこちらへ走ってきて。
「おいてめぇ、何してんだよっ!!」
「ゲッ、やべっ！」
「うちのお嬢様から離れろ!!」
　すぐさまナイフを持った手をひねりあげると、思いきり男の顔面に右ストレートをくらわせた。
　──バキッ!!
「うぉあっ！」
　男は悲鳴をあげて、そのまま地面に倒れ込む。
　その勢いで、カランカランとナイフが地面に転がる。
　かーくんはそれを足で蹴ってさらに遠くへ飛ばすと、すぐに私のそばへ駆け寄ってきた。
「りぃっ！　大丈夫か!?　ケガは!?」
　私はその姿を見ただけで、ホッとして、涙がじわじわとあふれてきて。
「だ、大丈夫っ……」
　思わずぎゅっとかーくんに抱きついた。
　かーくんも強く抱きしめ返してくれる。
　よかった。かーくんはやっぱり来てくれた。

「バカ！　なんで勝手にどっか行くんだよ！」
「ごめんっ。だって……っ」
「ったく、心臓止まるかと思ったじゃねぇかよ」
「ご、ごめんねっ。ちょうど道を聞かれたから」
「いや、でもまぁ、目を離した俺も悪いよな。ごめん。ほんとに大丈夫なのか？　変なことされてねぇか？」
「う、うん。制服を切られただけで、何もないよ」
　私が答えると、かーくんは腕を離して、私の姿をあらためてじっと見る。
「……クソッ」
　そして、悔しそうに顔をゆがめると、倒れている男を再びじっとにらみつけた。
「こいつ……許せねぇ」
　すると、目が合った男は、ビクッと体を震わせたあと、急に起き上がって。
「に、逃げろ！」
　そのまま逃げようとしたため、かーくんがすかさず腕をガシッと捕まえた。
「おい待てっ！」
「うわっ！　離せクソガキッ！」
「逃がすかよっ!!」
　抵抗する男とかーくんがもみあいになる。
　だけどその男は、それほど力が強いわけでもないらしく、すぐさまかーくんに胸もとをグイッとつかまれるとそのまま……。

──バッターン‼

　見事に背負い投げされてしまった。

　わあぁ、すごい……。

　かーくん得意の一本背負い。

　久しぶりに見たけれど、まさに圧巻(あっかん)の一言だった。

　男はそのままのびてしまったのか、倒れたまま動かなくなる。

　レミが言ってたとおり、まさか本当に犯人を捕まえてしまうとは。

　やっぱりかーくんはすごいなって、あらためて思った。

「……はぁ。クソッ、こいつが切り裂き魔かよ。まさか、女装してたとはな」

　投げられた拍子に飛んだニット帽と、ロングヘアのカツラが地面に転がっている。

「うん。だから最初気づかなくて、油断しちゃって。道案内してあげたら、いきなり腕をつかまれてビックリしたの」

「ったく、よく今まで捕まらなかったよな。堂々と昼間からこんなことして。すぐ警察に突き出してやる。電話するから、ちょっと待ってろよ」

「うん」

　かーくんはそう言うと、ポケットから自分のスマホを取りだす。

　そしてさっそく110番してくれた。

「もしもし……四つ葉町にて、男が青蘭学園の女子生徒を襲う現場に遭遇しました。犯人を取り押さえたんですが

……はい」
　しゃがんだまま電話するかーくんと、地面に倒れたままの犯人を目の前に、立ち尽くす私。
　なんだかホッとしたら急に気が抜けてしまった。
　切られたスカートの裾をぎゅっと押さえる。
　あまりにも目まぐるしすぎて、今起きた出来事が実際のことだったのかなと疑いたくなるくらいに、現実味が湧かない。
「あ、いや、本当です。実際同級生の女子生徒が被害に遭っています。現場の住所は四つ葉町１丁目あたりで……」
　警察はイタズラ電話だとでも思っているのか、なかなか信じてくれないようで、会話は長引いていた。
　かーくんが詳細を説明し、現場に来てくれるよう説得している。
　私はただその様子をボーッと眺めていた。
　男はまだ目を閉じている。
　気を失ってるのかな。
　殴られて、投げられたんだもんね。
　だけど、その時ふいに、男の腕がピクッと動いたような気がした。
　そして目を閉じたまま苦しそうに顔をゆがめたと思えば、胸のあたりに手を当てて。
　……あれ？　なんか、意識を取り戻しちゃった？
「いや、だから、本当なんです！　ウソだと思うならここに来てください！」

かーくんはまだ、電話で警察と格闘してる。
　男子高校生の通報じゃ、なかなか信じてもらえないのかな。
　私は不安と緊張でドキドキしながら男の動きに注視していた。
　すると次の瞬間……。
　男の手がスッと、着ていたブラウスの胸ポケットから何かを取りだしたのを、私は見逃さなかった。
　シルバーに光る、小さな刃物。
　え、ウソでしょ……。
　さっきナイフは取り上げたはずなのに、まだ持ってたの？
「あっ、ちょっと……」
　ハッとして、かーくんのほうを確認する私。
「はいそうです。よろしくお願いします」
　だけど、通話中の彼は、男が目を覚ましたことに気づいていなくて。
　私はあわてて知らせようと、彼のそばに駆け寄った。
「ねぇかーくん、危ないよっ。あの人まだ……」
　その瞬間、いきなり起き上がる犯人の男。
　完全に不覚だった。
「隙ありっ!!」
　よそ見をしていたかーくんに切りかかろうと、小さなナイフを勢いよく振りあげる。
　やだっ……。ウソでしょ。このままじゃ、かーくんが危

ない!
　そう思った私は、無意識に体が動いていた。
　かーくんをかばうように、手を伸ばして。
「ダメぇぇ〜っ!!!!」
　——ザクッ!
　………。
　鈍い音と共に、二の腕に鋭い痛みが走る。
　切られたセーラー服の袖から、じわじわとまっ赤な色が浮かびあがった。
「……はぁ、はぁっ」
　あれ……?
　もしかして私、切られたの?　今。
　男はナイフを手に持ったまま、思いのほかうろたえているようだった。
「えっ……。ま、マジかよっ……」
　私は心臓をバクバクいわせながらも、体を起こしてかーくんを見る。
　すると彼は、言葉を失ったように固まっていた。
　だけど、無傷だ。
　よかった……。
　私は自分が切られたことよりも、ただ彼が無事でよかったと、そう思った。
　だけどその瞬間、急に体の力が抜けて。
「……っ」
　フラッと倒れ込んだかと思ったら、そのまま意識が途切

れた。
　まっ暗な世界で、かーくんの声がこだまする。
『りぃっ!!　りぃっ!!!!』
　……ねぇ私、かーくんを守ったよ。
　いつも守ってもらってばかりだったけど。
　かーくんにケガがなくてよかった。
　無事でよかった。本当に……。

## 執事失格

　目を覚ましたら、そこは病院のベッドだった。
　視界に白い天井が広がり、消毒薬の匂いがツンと鼻をつく。
　医師の診察と治療を終えた私は、駆けつけたパパとママと、そしてかーくんと病室にいた。
　幸い、二の腕の傷はそこまで深くなくて、神経組織や腱には影響はなかったみたい。
　出血もひどくはなかったらしく、今日はこのまま家に帰っても大丈夫とのことだった。
　犯人はあのあと、かーくんが再び取り押さえてくれて、無事逮捕されたみたいだし、警察からのくわしい事情聴取もパパの訴えで後日ということになり、とりあえずは一件落着となった……はずだった。
　けど……。
「先生、やはり傷跡が残るんですか」
　パパが険しい顔で、医師に問いかける。
「そうですねぇ……。そんなに深い傷ではないのですが、完全には消えないかもしれませんね。時間がたてば目立たなくなるとは思いますが」
「じ、じゃあ、この傷は一生……っ！」
「あなた、落ち着いて！」
　ママがなだめるのも聞かず、パパはイスから立ち上がる。

そして、そばにうなだれて立っていたかーくんの胸ぐらを勢いよくつかんだ。
「神楽あぁっ‼」
「やだっ！　パパ、やめてっ！」
　その剣幕に、私も声を荒げた。
「どうしてお前がそばについていながら、こういう事になるんだ‼　跡が残ったらどうするんだ‼」
　パパの怒鳴り声が病室中に響き渡る。
　かーくんは心底申し訳なさそうに顔をゆがめ、なすがままにされていた。
　その表情があまりにも苦しそうで、胸が痛む。
「……っ。本当に、申し訳ございません。すべては私の責任です」
　まさか、こんな事になるとは思わなかった。
　私は何もわかっていなかった。
　私はただ、かーくんを守りたかっただけなのに……。
　私が彼をかばってケガをしたことによって、ますます彼が責められる事態になってしまった。
「ふざけるなっ！　よくも梨々香にこんなひどい傷を負わせてくれたな！　どうして守れなかったんだ！　お前は一体何をしていたんだ！　お前の役目は何だ？　いくら辰馬の息子でも、今回だけは許さん！」
「パパ！　やめてっ！　神楽のせいじゃないのっ！　私が悪いの！」
　泣きながら止めに入っても、パパの怒りは収まる気配が

ない。
「梨々香は黙ってなさい!!」
「嫌よっ！　黙らないっ!!」
　大声で言い返す。
「さっきも説明したでしょ？　勝手に神楽のそばを離れたのは私なの！　神楽はまっ先に私を助けにきてくれた！　神楽がいなかったら私、もっとひどい目に遭ってたかもしれない！　この傷だって、私が勝手に神楽をかばってできただけなの！」
　かーくんのせいじゃないのに。
「私が勝手に出しゃばって、勝手にケガしただけなの！　べつにこのくらいの傷、残っても平気よっ!!」
　お願いだから、かーくんを責めないで。
　だけど、私の訴えを聞いたパパは、一瞬黙り込んだかと思うと、再び顔をしかめて。
「ダメだ。神楽はもう、執事失格だ」
　静かにそう言い放った。
「えっ……」
　その言葉を聞いて、まるで凍りついたかのように、体が固まる。
　　ウソでしょ……。
　　かーくんが、執事失格？
　　何、それ……。
「ちょっ、ちょっと待ってよ！　パパっ！」
「あなたっ！」

ママも驚いたように目を丸くしてる。
　かーくんは、何も言わない。
　私はもう悲しくて、悔しくてたまらなくて。涙が次から次へとぽろぽろこぼれ落ちてきた。
「あなた、それは言いすぎよ！　今回の事件も、神楽が犯人を捕まえてくれたのよ？　結果的に梨々香がケガをしたかもしれないけれど、それでもこの程度の被害ですんだのは、神楽のおかげだとは思わないの？」
　ママも必死で反論する。
　だけど、それを聞いたパパはますます怒りだして。
「バカ言えっ！　これのどこが、この程度なんだ!!」
　パパはどうしても、私がケガを負ったことが許せないみたい。
　そんなの私にとってはたいしたことじゃないのに。
　どうしてわかってくれないんだろう。
「ボディガードとしてついていながら、梨々香に跡が残るような傷を負わせたんだ！　もう神楽に梨々香の面倒を見る資格はない！」
「そんなっ！　パパっ……！　そんなの嫌っ!!」
「異論はないよな？　神楽」
　パパが冷たい目でかーくんを見つめる。
　すると、かーくんは下を向いたまま、静かにうなずいた。
「ございま……せん」
「いやあぁ～っ！　パパのバカッ！　鬼っ！　大嫌いっ!!」
　私は思わず立ち上がって、泣きながらパパをビシバシ叩

く。
　だけど、パパは表情を変えない。
「梨々香、落ち着いて！　ケガしてるのよっ」
　ママが私をなだめるように抱き寄せる。
　そこに、パパはさらに冷たく言い放った。
「事実は事実だ」
　……どうしてだろう。
　どうしてこんなことになってしまったんだろう。
　私がかーくんをかばったのがいけなかったの？
　どうしてかーくんが責任を取らなきゃいけないの？
　わからないよ。
　パパのわからずや。大嫌い。
　かーくんが執事失格だなんて、そんなの、絶対に違う。
　嫌だよ。耐えられない。
　お願いだから、ウソだと言ってよ……。


　その日の夜、パパの書斎に私とかーくん、そして紫苑の3人が呼ばれた。
　何か重大な話があるとのことで。
　私は嫌な予感がしていたけれど、なぜそこに紫苑まで呼ばれたのかは、わからなかった。
　かーくんは帰ってからも、ずっとうつむいたままで、元気がなくて。今回のことでかなり責任を感じているみたいだった。
　包帯を巻いた私の腕を見て、「ケガさせてごめんな」と

謝ってきた時のかーくんは、目に涙を浮かべていた。
その表情は、悲しそうというよりも、悔しそうだった。
きっと私を守れなかったのが、すごく悔しかったんだ。
だから私は、「謝らないで」って怒った。
だって、かーくんのせいじゃないから。私がいけないんだから。
謝らなくちゃいけないのは、私のほうだ。
私のせいで、かーくんはパパにめちゃくちゃ怒られて、パパの信用を失ってしまった。
私があの時軽はずみな行動をしなければ……。
いや、あの時かーくんから離れなければ……。
きっと、こんなことにはならなかったはずなのに。
すべては私の警戒心が足りなかったのが悪いんだ。
それなのに、かーくんばかりが責められるなんて、あんまりだよ。
──ガチャッ。
私が書斎のドアを開けて入ると、すでにかーくんと紫苑は待機(たいき)していた。
なんとも言えない重たい空気が部屋全体を包み込む。
パパは私の姿を確認すると、机の上で手を組んだまま、静かに話しはじめた。
「お前たちに、話しておきたいことがある」
思わずゴクリとツバを飲み込む。
「明日から、神楽には梨々香の専属執事を外れてもらう」
「……えっ!?」

それは、衝撃的な発言だった。
　ウソでしょ。明日から、さっそく？
　そんな……。
「かわりに紫苑、お前が梨々香の世話をするように」
「……えっ。私がですか？」
　紫苑もひどく驚いている。
　もしかして、だから、紫苑も呼んだの？
　でも、じゃあ、かーくんは……。
「ちょっと待って！　そんな、明日からって……。じゃあ神楽はどうなるの？」
　私が詰め寄ると、パパはまた冷たい表情で言い放つ。
　こういう時のパパは、氷のように冷たい。
「神楽には、これからは主に雑用をやってもらう。ほかにも紫苑がやっていた庭の手入れも一部引き継いでもらうつもりだ」
「ざ、雑用？　それは、いつまで……？」
　まさか、これからずっとじゃないよね？
　一時的に外されるってだけだよね？
「期限はない。少なくとも、高校卒業まではそうしてもらう。とにかくこれから先はずっと、紫苑が梨々香の専属執事を務めるということだ。いいな、紫苑」
「はい……」
「そんなっ！」
　何それ。じゃあ、かーくんはもう執事をクビになるってこと？

私はこれからずっと、かーくんに執事としてついていてもらうことはできないの？
「あんな事になったんだ、当然だろう。責任は取ってもらわないとな」
「でもっ！」
「言っただろう。もう神楽は、執事として梨々香につく資格はない」
　そう言い放ったパパの表情は、やっぱりとても冷酷で、情けも何もないように見える。
　まさか、ここまで容赦ないなんて。
　初めて本気でパパを嫌いになりそうだった。
　いくら私が大事だからって、娘が危ない目に遭ったからって、子どもの頃からずっと息子のようにかわいがってきたはずのかーくんのことを、こんなふうに扱うなんて。
　あんまりだ。
　思わず拳をぎゅっと握りしめる。
「……わかってない」
　そして、パパの目をまっすぐ見すえた。
「パパはなんにもわかってない！　私が今までどれだけ神楽に助けられてきたか！　神楽が私のために、今までどれだけ体を張ってくれたか！　あの火事のことだって覚えてるでしょ？　神楽がいなかったら私、あの時死んでたかもしれないんだよっ！」
　そうだよ。かーくんは、私の命の恩人なんだよ。
「それ以外でも、いつも私がピンチの時は必ず飛んできて、

守ってくれてたんだから！　神楽がいたから私は今までやってこれたのっ！」
　涙がじわじわあふれてきて、止まらなくなる。
　今までのことを思うとなおさら、悔しくてたまらなかった。
「それなのになんで、そんな冷たいこと言うの？　今回だって、私にも責任はあるのに神楽だけ、こんなのっ……。あんまりだよっ……」
　ひどいよ、パパ。
　私の言葉に、パパは少し苦しそうに顔をゆがめる。
　だけどすぐに、首を横に振って、
「それでも、事実は事実だ。責任は取らなければならん」
「……っ、パパのわからずやっ!!」
「そうかもしれんな」
　何を言ってもわかってくれない。
　パパは聞く耳を持たない。
　私は絶望のあまり、そのまま勢いよく部屋を飛びだした。
「パパなんか、大っ嫌い!!」
　——バタンッ!!
　もう嫌だ。どうしてなの？
　どうしてわかってくれないの？
　辛くて、苦しくて、どうしようもない。
　こんな形でかーくんと引き離されてしまう日が来るなんて、思ってもみなかった。
　泣きながら廊下を走って、つき当たりで壁に手をつく。

「やっ、嫌だぁっ……。わああぁっ」

そのまま崩れるように泣いていたら、うしろから誰かがこちらへ駆け寄ってくる足音が聞こえた。

「りぃ！」

ハッとして振り返る。

「かー……くん」

その顔を見たら、ますます涙があふれだしてきて。

かーくんは、悲しそうな目で私を見つめると、そっと私の頭に手を触れる。

「……ごめんな」

その顔は、まるでこれが最後みたいな、そんな表情をしているように見えて。たまらない気持ちになった。

ねぇ、かーくんは、これでいいの？

パパの非情な決定を受け入れてしまえるの？

私は、我慢できないよ。耐えられない。

「嫌だよ。私、かーくんじゃなきゃ、嫌だ……。交代なんて嫌だよっ……」

かーくんの腕をぎゅっとつかんで、すがるように顔を見上げる。

そしたらかーくんは、苦悩をにじませた表情で私を見つめ、頭をそっとなでた。

「仕方ねぇだろ。俺はもう、お前のそばにいる資格がない」

資格がない、だなんて。

「そんなこと、言わないでよ。だって、かーくんのせいじゃない。私のせいなのにっ。私があの時かーくんから離れた

りしなければ、こんなことにはならなかったのに……」
　あきらめたように、そんなこと言わないで。
　私から離れていかないで。
「かーくんは、これでいいの？　約束したじゃんっ……。私のこと、おばあちゃんになっても面倒見るって約束したじゃん！」
　──ぎゅっ。
　そしたら次の瞬間、かーくんに思いきり強く抱きしめられた。
「……っ、バカ……」
　かーくんの腕が、声が、震えてる。
「嫌に……決まってんだろ。俺だって、お前のそばにいてぇよ」
「……えっ」
「お前のことはずっと、俺が守るって決めたんだ。なのに、くそっ……」
　苦しそうにつぶやくその声に、胸がぎゅっと締めつけられる。
　それを聞いて思った。
　かーくんだって、悔しい気持ちは同じなんだ。同じように辛いんだ。
　ううん。もしかしたら、私よりもっと辛いのかもしれない。
「かーくんっ……。私だって、離れたくないよ……」
　しがみつくように、かーくんの胸に顔をうずめる。

「ごめんな、りぃ」
「謝らないで……っ」
「ごめん」
『ごめん』が、『サヨナラ』みたいに聞こえる。
　どうしてこんなことになっちゃったんだろう。
　もうどうしようもないの？
　私たちは、いつだって一緒だったのに。
　お互いにとって、それが当たり前だったのに。
　明日からは、かーくんが隣にいない毎日がはじまるんだ。
　そんなの嫌だ。嫌だよ……。
　お願いだから、誰かウソだと言って。ねぇ。
　かーくんと一緒にいさせてよ……。

## もう、俺にかまうな【side神楽】

『嫌だよ。私、かーくんじゃなきゃ、嫌だ』
『私のこと、おばあちゃんになっても面倒見るって約束したじゃん！』
『私だって、離れたくないよ……』

りぃの言葉が、何度も頭の中で再生される。

抱きしめた時の細い腕の感触が、今でも残ってる。

だけど、それと同じくらい、あの出来事も鮮明に覚えている。

俺のせいで、りぃはケガをした。

腕には傷が残った。

俺は、彼女を守ることができなかった。

兼仁おじさんの言うとおり、俺は執事としても、ボディガードとしても失格だ。

責められても文句は言えない。

すべては俺の責任だ。

俺にはもう、りぃのそばにいる資格はない——。

「……篠崎、おい篠崎」

担任の声にハッとして目を覚ます。

すると、今はちょうど数学の授業中で、クラス中のみんなの視線が俺に集まっていた。

いつの間にか寝ていたらしい。

「あー、すみません……」
「どうした。お前が居眠りなんて珍しいな。勉強のしすぎで疲れたのか？ がんばるのはいいが、あまり無理するなよー」
「……はい」
　普段授業を真面目に受けているからか、とくにおとがめなしですんだが、やっぱり目が覚めたところで、集中できるわけでもない。
　授業に全然身が入らない。
　ただぼんやりと窓の外を見つめ、また考えを巡らせる。
　そうしていたら、いつの間にか授業は終わっていた。
　──キーンコーン。
　チャイムが鳴って休み時間になると、みんな席から立って友達のところへ話しにいったり、教室から出ていったりする。
　だけど俺は、席から動くことなく、ただ石のように座っていた。
　せっかくの休み時間ですら、何をする気も起きない。
　まるで抜け殻のようで。
　がんばるのが当たり前だった毎日がウソのように、急にどうでもよくなってしまった。
　授業も、友達との付き合いも、今はどうでもいい。
　何もしたくないし、何も考えたくない。
　平静を保ったふりをするだけで、精いっぱいだった。
「かーぐらっ！」

するとそんな時、横から聞き慣れた声がして。
　振り向くとそこには、いつものように小雪がニコニコしながら机に手をついて立っていた。
　こいつは普段から何かと俺に絡んでくる。
「なんだよ」
「ビックリしたよー、さっき。居眠りなんてしてるからさぁ。大丈夫？　なんか元気ないみたいだけど」
　どうやら俺のことを心配してくれているらしい。
　でも、こいつに話すようなことでもない。
　カイにだってまだ、何も話していない。
　情けなくて、自分からはとても言えなかった。
　りぃの執事をクビになっただなんて……。
「大丈夫だよ、べつに」
「カイも心配してたよ？　なんか今日、神楽の顔が死んでるって。もし、悩んでることあったら話してね。神楽ってひとりで抱え込んじゃうから、たまには誰かを頼ったほうがいいよ」
「……あぁ、そうだな」
　カイは俺に気を遣ってるのか、俺の態度で何事かを察したのか、あえて聞いてくることはしない。ほっといてくれている。
　俺はあまり自分のことを話すタイプじゃないから、カイのそういうところにはいつも救われてる。
　こうやって心配してくれる奴らがいるだけ、まだ俺は幸せなんだろうなと思う。

それでも、この喪失感からは、なかなか抜けだせなかった。
"当たり前"が"当たり前"じゃなくなって、気づく。
　当たり前のように思えていた日常が、いかに幸せだったのかということに。

　放課後、カイとともに下駄箱で靴を履き替えると、カイはいつものようにレミ様を迎えに特別科の棟に向かって歩いていく。
　俺はそのままひとりで帰るつもりだったけれど、途中までなんとなくついて来てしまった。
　カイに変に思われるからとか、そういうのじゃない。
　りぃがどうしてるのか、それがやっぱり気になって。
　俺がいなくてもちゃんとやってるんだろうかなんて、バカみたいに心配している自分がいる。
　紫苑は優秀な奴だし、何も問題はないとわかってるのに。
　りぃ離れできていない自分に呆れてしまう。
　だけどその時。
「あれっ？　梨々香様じゃん」
　特別科の校舎の昇降口から出てきたりぃと紫苑の姿を見つけ、カイが声をあげた。
「……えっ、なんで？　お前が迎えにいくんじゃないの？　隣にいるの、あれ、お前の従兄弟だろ」
　そう言われて、カイにはもう正直に話すしかないなと思う。

「そうだよ。紫苑に交代したから」
「へっ?」
　カイが驚きの声をあげる。
「俺はもう、梨々香様の執事はクビになった。だから、もう送り迎えも、俺の仕事じゃないんだ」
「……はっ?」
　俺の言葉が信じられないのか、カイはそのまま数秒間固まる。
　そして、次の瞬間大声で叫びだした。
「はあぁぁぁっ?　聞いてねーよ!!　なんだそれ?　ありえねぇ!!　一体何がどうなったらそうなるわけ?」
「まぁ、いろいろあんだよ」
「い、いろいろって、ちょい待てよ!　お前がクビになるんだったら、俺なんかもう何回クビになってるかわかんねーよ!　だって、お前ほど優秀な奴いないじゃねーかよ!　西園寺家って、どうなってんの?」
　カイのリアクションが案の定デカすぎて、思わず笑いだしそうになる。
　おかげで少しだけ元気が出たような気がした。
「仕方ねぇよ。俺は優秀でもなんでもねーんだよ。まぁ、その話はまた今度な。レミ様待ってんぞ。それじゃ俺、帰るから」
「……っ、いやおい、待てよ!」
「ちょっとカイー!　何やってんの?　遅いからっ!」
　すると、その時向こうからレミ様の声がして。

カイはビクッと体を震わせると、あわてて下駄箱へと走っていった。
　まったく、相変わらずいつも怒られてるな。どうしようもない奴……。
　でも、そんなこと言ったら俺は、もっとどうしようもない奴だ。
　カバンを片手で背負うように持ちながら、ひとり校門に向かって歩いていく。
　自分のカバンだけだとやけに軽くて、変な感じがした。
　今までは、りぃのぶんもあったからな。
　そんなことですら、懐かしく思える。
　そして虚しさや寂しさが、またつのっていく。
　俺より10メートルくらい先を、紫苑とりぃがふたり並んで歩いていた。
　りぃはあの事件があってから、兼仁おじさんに徒歩通学禁止を言い渡され、今日から車送迎だ。
　昨日はケガのため、学校を一日休んでる。
　だから今日が、紫苑が専属執事になってから初の登校だった。
　りぃが誰かと並んでいるのを遠くで見ている自分に、違和感を覚える。
　本当なら俺が、そこにいたのに……なんて思う。
　そうだ。あそこにはいつも俺がいたんだ。
　だけどもう、俺の居場所じゃない。
　そう思うと苦しくて、胸が張り裂けそうになる。

この気持ちが報われないことくらい、最初からわかってた。
　それでも、どんな形であれ、彼女のそばにいられたらいいと思ってた。
　今はもう、それもかなわない。
　何もない。からっぽだ。
　思えばりぃが、俺のすべてだった。
　俺の毎日は、りぃがいることで成り立っていた。
　勉強だって、スポーツだって、今まであらゆることを努力しようと思えたのは、りぃがいたから。
　りぃを守るために強くなりたかった。
　りぃにふさわしい男になりたくて、必死で勉強した。
　でも、俺にはもう、そばにいる資格がないんだ……。
　急にすべてがからっぽになったようで、自分がどこに向かって歩いているのかさえ、わからなくなる。
　いろんなことに意味を見いだせなくなって。
　これから自分が何をどうしたいのか、どうすべきなのか、まったくわからなくなってしまった。
　ただ後悔ばかりが心の中に渦巻いて、俺を責める。


　家に帰ると、俺はさっそく執事服に着替えて、言われたとおりの雑用をせっせとこなした。
　奥様に言われた書類整理、DMのシュレッダー作業、紫苑に頼まれている花の水やり。
　しまいには、スーパーへの買い出しまで。

どれもひとりで黙々と専念できるから、べつに苦ではなかった。
　帰りにコンビニの前を通ったら、この前りぃが食べたいと言っていたチョコまんののぼりが立っていた。
　それを見てふと、買っていこうか、なんて思う。
　前にこっそり、りぃにチーズまんを買っていってやったときは、すごく喜んでいた。
　幸せそうな顔で食べていたのを覚えている。
　俺はりぃを甘やかさないつもりだったけれど、なんだかんだ言うことを聞いてあげていたような気がする。
　今だって、チョコまん買おうかなんて考えて……ほんとにバカだな。
　そんなことしてもまた、りぃの体重が増えるだけだ。
　紫苑はりぃに甘いから、今日も好きなだけ甘いものを食べさせてるだろうし。
　その姿を想像すると、少し顔がほころぶ。
　だけど同時に、切なくなる。
　りぃの生活を、近くで見守れない自分が歯がゆい。
　悶々とする自分自身が未練がましくて嫌になって、足早にコンビニの前を通りすぎた。

　夕食後、りぃの部屋の前を通ると、ドアが少し開いたままで、中から声が聞こえてきた。
　紫苑との話し声がする。
「紫苑、なんで勝手に部屋片づけちゃうの〜？」

「あら、いけなかったですか」
「女の子の部屋、勝手にいじっちゃダメでしょー！　漫画とか読もうと思ってたのだけ出しといたのに。しかも、勝手にカバー取ってるし！」
「申し訳ありません。以後気をつけますね」
「自分で片づけるから、もう勝手にいじらないでね！」

　珍しく、紫苑がりぃに怒られている。

　りぃが夕飯を食べている間に、部屋を勝手に綺麗にしてしまったらしい。

　りぃはああ見えて意外とこだわりがあって、部屋を勝手にいじられたりするのを嫌がる。

　その割に部屋が汚いから、もっと片づけろって俺はいつも怒ってたけど。

　まぁ、俺らは男で、りぃは女だからな。

　女子からすれば見られたくないものとかも、いろいろあるんだろう。

　世話をすると一言で言っても、なんでもやってあげればいいってわけではない。

　りぃの性格や行動パターンは、俺はもうだいぶ把握してるつもりだけど、紫苑はまだこれから知ることだってたくさんあるんだろう。

　それにしても、こうしていちいち気になって、りぃのことを心配してしまう自分もバカだよな。

　りぃはこれからきっと、俺がいなくても大丈夫になっていくんだろう。

紫苑と一緒にいるのに慣れて、むしろそっちのほうが心地いいと思うようになっていくのかもしれない。
　そうなったらすごく寂しいと思うし、悔しいとも思う。
　本心では、なってほしいなんて微塵（みじん）も思わない。
　だけど、そうなっていかないと、りぃが困るよな。
　りぃは俺から離れて、ちゃんと自立して、俺なしでやっていけるようにならないといけない。
　りぃの幸せを願うなら、本当はそうなんだ。
　そのためにはまず、俺がりぃ離れしねぇと……。
　いつまでもりぃに執着（しゅうちゃく）してたらいけない。
　頭では理解しているつもりでも、結局りぃのことばかり考えている自分がいる。
　だけど、ふと気づいた。
　今の俺にできる唯一（ゆいいつ）のことは、もしかしたら、彼女から距離を置くことなのかもしれないって。

　――バチン。
　園芸用のハサミを持って、伸びた枝を切る。
　暑いし、何よりめんどくせぇ。
　雑用をするようになって何日たっても、いまだに庭の手入れだけは慣れない。
　額ににじむ汗をぬぐって、思わずため息をついた。
　紫苑はよくこんなこと、楽しんでやってられるよな。
　今日は日曜日で学校が休みだ。
　俺は朝から庭仕事をさせられている。

りぃはこれから奥様と買い物に出かける予定らしく、お気に入りのピンクの花柄ワンピースを着て、めかしこんでいるのをさっき見かけた。
　二の腕に巻かれた包帯が痛々しくて、その姿を見るたびに胸が痛む。
　さっさと終わらせようと思い、チョキチョキと枝を切り落としていたら、だんだんと手が疲れてきた。
　けっこう力がいるし、マメができそうだな、これ。
「……かーくん、何してるの？」
　すると、そんな時うしろから声をかけられて、俺の心臓がドクンと飛び跳ねた。
　りぃだ。
「あぁ、これな。伸びすぎた枝を切ってんだよ」
　りぃとは話をしないわけではない。
　兼仁おじさんのいる前ではさすがに話しづらいけれど、顔を合わせれば、向こうから話しかけてくる。
　たぶんりぃは、俺と今までどおり接しようと思ってくれてるんだろう。
　なんとなく気を遣ってるような空気はもちろんあるけれど。
「へ～っ、大変だねぇ。こんな炎天下で、日焼けしちゃうよね。かーくんすっごい汗かいてるじゃん」
「そりゃ、見てのとおり暑いんだよ」
「あはっ、だよね～。あ、ちょっと待って！」
　りぃは突然思いついたようにそう言うと、ポケットから

レースのハンカチを取りだす。
　そしてなんと、それを俺の首すじに当てると、流れている汗をふきとってくれた。
　りぃの手が触れて、なんとも言えないむずがゆいような気持ちになる。
「……バカ。汚ねぇぞ」
　うれしいくせに恥ずかしくて、照れ隠しにそんなふうに返したら、りぃは無邪気に笑う。
「えーっ、そんなことないよ〜。かーくんの汗は汚くないよ、全然。汗もしたたるイイ男じゃん？」
「アホ」
「へへへっ」
　こんなやり取りをしたのは、実は久しぶりかもしれない。
　もうあれ以来、お互い目を合わせるたびに辛くて、ふざけあうこともできなかった。
　それでもりぃは、こんなふうに俺に笑ってくれる。
　やっぱり、好きだって思う。
　だけど、だからこそ、苦しい。
　りぃと触れあうたびに、よみがえるこの気持ちが、どうしようもなく俺を苦しめる。
　忘れてしまえたらどんなにいいだろう。
　いっそのこと、顔を合わせないほうが楽なんだろうか。
　りぃは続けて話しかけてくる。
「あっ、そういえばね、さっき英語の長文の宿題やってたんだけど、すっごい難しくてね。わかんないから、あとで

かーくん教えてくれない？」
「えっ？」
　しかも、何を言いだすかと思えば、今さら俺に勉強教えてくれとか。
「いや、紫苑に聞けよ……」
「それが、紫苑ったら英語は苦手なんだって～。マチコ先生は今日休みだしさぁ。そしたら、かーくんしかいないかなって」
「……」
「紫苑も優しくて気がきくけど、やっぱりこういう時、かーくんは頼りになるからさ。勉強くらい、教わってもいいでしょ？」
　りぃは上目遣いで尋ねる。
　だけど俺は、すんなり「いいよ」と答えることができなかった。
　頼られるのは、もちろんうれしい。
　英語だって、紫苑よりできる自信がある。
　でも、このままでいいんだろうかって。
　このままりぃが、今までどおり俺を頼り続けていたら、何も変わらない気がする。
　俺たちはもう、今までみたいにはいられない。
　いや、いてはいけない。
　りぃは俺がいなくても、やっていけるようにならなきゃいけないんだ。
「……りぃ」

りぃの頭にポンと手を乗せる。
　俺は内心苦しくてたまらなかったけれど、わざと冷たい声で言い放った。
「もう俺を、頼るな」
「えっ……」
　りぃの表情が一気にこわばる。
　そして、急に泣きそうな顔になった。
「何、それ……。なんで……そんなこと言うの？」
　そんな顔されたら、ますます辛くなる。
　俺だってこんなこと言いたくねぇよ。
　だけど、そうするしかないような気がした。
「俺はもう、お前に何もしてやれない」
　突き放すしかないんだ。
「だからもう、俺にかまうな」
　胸の奥がキシキシと音をたてるように痛む。
　自分まで泣きそうになってくる。
　だけど心を鬼にして、グッと耐えた。
　りぃは目に涙を浮かべている。
　俺はそれを見ないふりをする。
　しばらくの間、沈黙が流れて。
「……っ、わかった」
　りぃはそう答えると、ハンカチで口を押さえながら、走ってその場を去っていった。
　俺はその背中を見つめながら、立ち尽くす。
　これで、いいんだよな。

「ごめんな、りぃ……」
　小さくつぶやいたその声は、彼女の耳に届くことはなかった。


　庭仕事を終えてシャワーを浴びると、その日の午後はとくにやることがなかった。
　俺はさっきりぃを泣かせたことを思い出したら、また苦しくなってきて。
　自宅のリビングのソファーでただひとり、ぼんやりと座っていた。
　自分でひどいこと言ったくせに、何後悔してんだよ。
　あそこまで言うことなかったとか、今さら思ってんだ。
　バカだな……俺も。
　それまでは、休みの日でも時間をムダにしたくないと思って、いろんなことに打ち込んでいたはずなのに、今はまるで何もやる気がしない。
　こんなふうにボーッと家で過ごすなんてこと、ほとんどなかった。
　静かすぎる部屋に、時計の針の音がチクタクと響く。
　するとそこに、ガチャッとドアを開けて誰かが入ってきた。
　親父だ。
「おぉ、神楽」
　休みの日でもスーツ姿の親父は、いつ見てもビシッと決まっている。

今日も兼仁おじさんの仕事があったのか、今帰ってきたみたいだ。
「あー、おかえり」
「ただいま」
「今日も仕事？」
「あぁ、ちょっと会食があったからな」
　カバンをソファーの横に置くと、キッチンに向かう親父。
　そして、テキパキと何かを用意しはじめた。
　バリスタマシーンの音が響いて、コーヒーのいい香りが漂ってくる。
　そして、マグカップをふたつ手にしてこちらへ現れた。
「お前もコーヒー飲むか」
　この暑いのにホットコーヒーとか、親父らしい。
「うん。飲む」
　それだけ言ってマグカップに口をつけたら、猫舌な俺はさっそく舌を火傷した。
「……あちっ」
　そんな俺を見て、親父が笑う。
「はは、何やってんだ。熱いぞ、まだ」
　こんなふうに、休日を親父とゆっくり過ごすとか、いつ以来だろうと思う。
　久しぶりに、ふたりでまともに会話をした気がした。
　だからといって、とくに話題があるわけでもなく、盛り上がるわけでもなく。
　でも、男同士なんて、こんなもんかと思う。

「神楽」
　コーヒーを半分ほど飲み終えたところで、静かに親父が俺に話しかけた。
「梨々香様のことだけどな……」
　——ドキッ。
「あんまり自分を責めるなよ」
　まさか、親父からその話を切りだされるとは予想もしてなくて、驚いた。
　今までほとんどあの出来事には触れてこなかったのに。
　なんだよ。親父も一応俺が落ち込んでることを、気にかけてくれてたのかよ。
「今はまだ、社長も気が立ってるんだ。ほとぼりが冷めるまで待つしかない」
　そう言われて、心の隅で兼仁おじさんが俺を許してくれる日なんて来るのかよと思ったけれど、親父なりに俺を励まそうとしてくれていることだけは伝わった。
「それに、お前は今まで精いっぱいやってきた。そのことは俺もわかってる。誇りに思っていい」
　親父の大きな手のひらが、そっと俺の頭に乗る。
　その言葉に思わず、少しだけ目が潤んでしまった。
　親父はちゃんと俺を見てくれていた。
　俺を認めてくれていた。
　それは、兼仁おじさんだって同じだったと、できることなら思いたい。
「親父……」

「大丈夫。これから先、信頼を取り戻す方法はいくらでもあるさ」
「えっ？」
「もちろん、時間はかかるかもしれないけどな。とにかく今は、今できることを精いっぱいやるだけだ」
「今、できること……？」
　親父は静かに微笑む。
「そうだ。そしたらいつかきっと、わかってもらえる日がくる」
　わかってもらえる……そうなのか？
　俺はもう完全に信用を失ったのに。
　再び認めてもらえることなんて、あるんだろうか。
「過ぎたことは変えられない。でも、未来はいくらでも変えられる。俺はそう思ってる」
　親父の言葉がずしんと胸に響く。
　それは少しだけ、今の俺に希望をくれたような気がした。
　未来は、いくらでも変えられる……か。
　親父はコーヒーを飲み干すと、立ち上がって俺の肩をポンと叩く。
「それもすべて、これからのお前次第だ。がんばれよ」
　そしてそう言い残すと、カップを持ったまま、その場を去っていった。
　俺は再びリビングにひとり残される。
　俺の、未来……。
　正直今の俺にはまったく想像がつかないし、何も思い描

くことができない。
　この苦しい毎日に、俺は何か意味を見出すことができるんだろうか。
　希望を持つことができるんだろうか。
　わからない。
　だけど結局、親父の言うとおり。
　未来は自分次第だ。

## 失って気づいた気持ち

　……小さな頃の出来事を夢に見た。
　見覚えのある場所。
　いつだったか、ママに連れていってもらった、隣町にある大きな公園。
　あれは確か、私がまだ５歳くらいの頃のことで、かーくんも一緒だった。
　広い敷地のまん中の広場には、噴水があった。
　私はその中に小石を投げ入れて遊んでて。
　ママに『危ないからやめなさい』って怒られた。
　だから途中から、石集めをして遊ぶことにした。
　白くて綺麗な石は、宝石ってことにして。
　なるべく角のないすべすべした綺麗な石を選んで、帽子の中に入れて集めた。
　その中でも一番お気に入りだった、ほかのものより少し大きな白い石。
　私はそれをかーくんに見せびらかして、『いいな』って言われたから、『少しだけ貸してあげる』って言った。
　そしたらかーくんは、それをうれしそうに受け取ると、ズボンのポケットに入れた。
　だけど、そのまま遊んでたら、ポケットから落としてしまったらしく、気づいた時には石はなくなってた。
　私は泣いた。大泣きした。

大切な宝物だったのに、かーくんがなくした。
　かーくんのせいだって泣いた。
　ママは『仕方ないでしょ』って、『もう帰ろう』って言ったけど、私は駄々をこねて帰ろうとしなかった。
　そしたらかーくんが、急にそばからいなくなって。
　私が泣いたから逃げてしまったのかと思った。
　でも、15分くらいしたら戻ってきた。
　砂だらけになって、あの白い石を手に。
『りぃの宝物見つけた。だからもう泣くな』って、そう言った。
　私のために必死で探してくれたんだ。
　落としたのはかーくんだけど、そんな彼を見たらすごくうれしくて、涙はすぐに止まった。

　子どもの頃、私はワガママで泣き虫だった。
　だけど、私の涙を止めてくれるのは、いつだってかーくんだった。
　退屈な時、相手をしてくれたのも。
　投げだしたくなるような宿題に根気よく付き合ってくれたのも。
　カミナリが怖い時、そばで手を握っていてくれたのも。
　困った時やピンチの時、助けてくれたのは、いつだってかーくんだ。
　かーくんがいたから私は、いろんなことを乗り越えられたし、この窮屈なお嬢様生活をなんとかがんばることがで

きた。
　それなのに、どうして……。
『もう、俺にかまうな』
　どうしてそんなこと言うの？
　私たちはもう、あんなふうにふざけあったり、ケンカすることもできないの？
　辛いよ……。
　かーくんと話したい。
　かーくんのそばにいたい。
　かーくんのいない毎日なんて、嫌だよ……。


　目を覚ましたら、目がまっ赤に腫れていた。
　泣きながら眠ってたみたい。
　最近私は夜ぐっすり眠ることができなくて、授業中もますます居眠りばかりだ。
　心の中にポッカリ穴でも空いたみたいに、何もやる気がしない。
　言われたとおりのスケジュールを、ただこなすだけの毎日。
　時々、なんのためにこんなことをしているのかわからなくなる。
　紫苑はすごく優しくて、元気のない私に気を遣ってくれてるのはわかるけど、それでもまだ慣れない。
　かーくんがいないとやっぱり、何かが足りなくて。
　もともと窮屈だった生活が、ますます窮屈になっただけ

だった。
「腕、だいぶよくなりましたね」
　紫苑が私の腕のガーゼを替えながら言う。
　傷口は乾いて、前ほど痛々しさはなくなったけれど、それでもやっぱりみんなにすごくかわいそうだという視線で見られる。
　べつにもう痛みはないし、平気なのに。
　なかには、「お嫁にいけないね」なんてウワサを流している人もいるみたいだ。
　傷ものみたいに扱われるのがすごく嫌だった。
　顔ならまだしも、ちょっと腕に傷ができたくらいで。
　それで結婚を嫌がるような男なんて、こっちから願い下げだわ。
　パパはいまだにこのケガのことに腹を立てている。
　私はかーくんをクビにしたパパが許せなくて、しばらく口をきいていない。
　家の中の空気まで悪くなって、居心地が悪くてたまらない。
　これも全部、わからずやなパパのせいだ。
　私が遠い目をしながらボーッとしていると、紫苑がまた問いかけてくる。
「なんだか今日は一段と元気がないですね。何かあったんですか？」
　そう言われて、やっぱり昨日のことを黙ってはいられなくて、思わずこぼしてしまった。

「……うん。かーくんに言われちゃったの。『もう、俺にかまうな』って」
「えっ？」
「今まで普通に話してたのに。話しかけるくらいならいいと思ってたのに。もう、それもダメなのかなぁ？」
　まるで拒絶されたみたいで、辛くてたまらない。
　またパパに何か言われたのかな？
　それとも自分から私と関わるのをやめようって思ったの？
　わからないけど……。
「……そうですか」
　すると紫苑はうつむいて、でも少し何か納得したような表情でこう言った。
「神楽は、人一倍責任感が強いですからね」
「えっ」
「きっと今、すごく自分を責めているんだと思いますよ。ご主人様もまだ怒りが収まっていないようですし」
　そう言われてまた苦しくなる。
　そうなの？
　かーくんは、やっぱりまだ自分を責めてるの？
　かーくんのせいじゃないのに。
「そんなっ」
「あまり気がきいたことは言えないのですが、とにかく今はそれぞれみんな、時間が必要なんだと思います」
　紫苑は顔を上げると、眉を下げながら微笑む。

それから、私の頭にポンと手を乗せた。
「でも、ただひとつ。神楽にとって、梨々香様がとても大事な存在だということは、変わりませんよ」
「えっ……」
　その言葉に、思わずまた涙がじわじわあふれてくる。
「……ほんと？」
「ええ。私が保証します」
　そうなのかな？
　変わらない？　本当？
　じゃあどうして、あんなこと言ったんだろう。
　どうしてかーくんは、私を突き放したんだろう。
　私は、怖いよ……。
　このままかーくんが、どんどん離れていっちゃうんじゃないかって。
　どこかへ行ってしまうんじゃないかって。
　そう思ったら夜も眠れないほど苦しいんだ。
　私たちは、ずっと変わらないと思ってた。
　ずっと一緒だと思ってた。
　なのにもう、元には戻れないのかな。
　戻りたいよ。
　当たり前のようにかーくんがそばにいてくれた毎日に、帰りたい……。


「今日もバレーだって～」
「でも、体育館なら涼しいからいいよね」

その日の４時間目は体育の授業で、いつもどおり体育館でバレーボールだった。
　授業中は居眠りばかりでも、体育の時だけはいつもはりきっている私。
　だけど今日はなんだか体が重くて、いつものようにテンションが上がらない。
　そんな私を見たレミが、心配そうに声をかけてきた。
「なんか、今日の梨々香、顔色悪っ！　大丈夫？」
　最近毎日顔色悪いって言われてるような気がするけど、今日はまた一段と悪いらしい。
「……うん。まぁ、寝不足のせいかな」
「いや、ちょっと、寝不足で体育なんて大丈夫？　無理しないで休んでもいいんだよ。ほら、ケガだってまだ治りきってないんだし」
　レミはそう言ってくれるけど、私はただでさえ授業中もうつらうつらしてるのに、せっかくの体育の時間までボーッと見学なんてしたくなかった。
　だって、何もしないでいたら、またいろいろと考えちゃうし。
「大丈夫だよ。はは」
　正直あまり動き回れる自信はなかったけれど、それでもなんとかがんばることにした。
「はーい！　じゃあまずはじめはＡチームとＣチームで試合して」
　軽い準備運動やトス練習を終えたあとは、先生のかけ声

とともに、コートに入る。
　レミと私は一緒のAチームだった。
　――ピーッ！
　笛の合図とともに試合がはじまる。
　だけど、そのままボールを目で追っていたら、だんだんと焦点が合わなくなってきて、頭がどんどん痛くなってきた。
　ヤバい。昨日泣きながら寝たせいかな？
　自分の体が自分のものとは思えないくらいに、まったく思うように動かない。
　飛んできたボールを何度も受け損ねて、みんなに驚きの目で見られた。
「なんか、梨々香ちゃん今日調子悪い？」
「いつも大活躍なのにね」
　ヒソヒソと話す声が聞こえてくる。
　自分でも信じられなかった。
　ほんとに私、どうしちゃったんだろう。
「あ、それじゃ次、梨々香ちゃんがサーブ打つ番だよ」
　サーブの順番が回ってきて、ボールを持ってコートのうしろまで行く。
　正直悔しかったので、サーブくらいちゃんと決めたかった。
　体のダルさと頭痛に耐えながらも、ボールをトンと上にあげる。
　だけど、いざ右手で打とうと思った瞬間、あろうことか、

スカッと見事に外してしまった。
　あ、ウソ……。
　またしてもみんなの視線が一気にこちらに集まって、恥ずかしくなる。
　何やってんだろう、ホントに。
　だけど、その瞬間急に視界がぐらぐらとゆがみはじめて。
「……っ」
　一気にまっ暗になった。
「きゃあぁっ！　梨々香ちゃん！」
「梨々香っ！」
　冷たい床の感触とともに、レミの声が遠くに聞こえる。
　もうダメだ。もうダメ……。
　何をやってもダメなんだ。
　なんだかもう、すべてが限界のように感じて、そのまま私の意識はそこで途絶えてしまった。

　気がついたら私は、どこかのベッドの上にいた。
　こういうの、つい最近もあったような気がしたけど。
　あったかい布団の中で、思い出していた。
　かーくん……。
　いつだったか、私がサッカーボールを頭に受けて倒れた時に、保健室まで運んでくれたよね。
　それで、目が覚めるまで手を握っていてくれて。
　あの時話したこと、今でも覚えてるんだ。
『お前が俺を必要とする限り、俺はお前のそばにいるか

ら』って。
　言ってくれたじゃん。どこにも行かないって。
　約束したのに……。
　どうしてなの。
　どうして、離れていっちゃうの。
　ずっと私のそばにいてくれるんじゃなかったの？
　行かないでよ。
「……かーくんっ」
　思わず声に出したら、そこでレミの声がした。
「あ、気がついた？」
　ハッとして目を開けて横を見ると、体操服姿のレミが座っている。
　ここは、保健室か。
　私がさっき倒れたから。
　もしかして、レミが運んでくれたのかな？
「大丈夫？　だから言ったでしょ？　無理しちゃダメだって」
　レミはそう言って、困ったように笑う。
　その顔を見たら、ほんとにそのとおりだと申し訳なくなった。
　なんか、逆にみんなに迷惑かけちゃったな。
「うん。ごめん……」
　だけど私が謝ると、なぜかレミも謝ってくる。
「いや、こちらこそ、神楽くんじゃなくてごめんね」
「えっ？」

「だって今、神楽くんの名前呼んだでしょ」
　それを聞いて、そう言えばさっき声に出しちゃったんだって思い出して、少し恥ずかしくなった。
「大丈夫？　なんか最近の梨々香あまりにも辛そうだからさ、私、ちょっと見てられないかも。パパは相変わらずなんだ？」
　レミはやっぱり私のことをすごく心配してくれる。
　レミには事のいきさつを全部話したから、すべてを知っている。
　だけど私はだんだんと、ウソの「大丈夫」も言えない状態になってきた。
　辛くて辛くて、どうしたらいいかわからなくて。
　毎日かーくんのことばっかり考えてる。
　かーくんとのことを思い出してばかりいる。
　ついには大好きな体育の授業まで楽しめなくなって。
　もう限界だって思った。
　とめどなく涙が、気持ちが、あふれだしてきて。
「……っ、もう、無理かも……」
　レミの前でまた、ボロボロと泣きだしてしまった。
「もうダメッ……。どうしよう。私、やっぱりかーくんがいないとダメなの。ぽっかり心に穴が空いたみたいに、なにも楽しくなくて。辛くてたまらないのっ」
「梨々香……」
「もうこんな毎日嫌っ。耐えられない。やだよっ……」
　嗚咽で呼吸ができなくなりそうなほど。

こんなに泣いたのは、子どもの頃以来なんじゃないかってくらいに泣いてしまった。
　レミは泣き続ける私を、何も言わずに見守ってくれて。
　なぐさめるように、よしよしと頭をなでてくれた。
「そっか。梨々香にとってやっぱり、神楽くんは必要不可欠な存在なんだね」
　そう言われて、本当にそうだったんだなって思う。
「うんっ」
「今の梨々香を見てたらすごくわかるよ。でもきっとこれは、神楽くんと梨々香が幼なじみだからとか、ずっと一緒にいたからとか、それだけじゃないよね。たぶん」
「えっ？」
　それだけじゃ……ない？
　どういうこと？
「好きなんだよ」
「えっ！」
「梨々香は、神楽くんのことが好きなんだよ。だからきっと、こんなにも辛くてたまらないんだよ」
　そう言われて一瞬、体が硬直した。
　私が、かーくんを……好き？
「まぁ、実を言うと、私はずっと前からそうなんじゃないかと思ってたんだけどね。梨々香が自分で気づいてないだけでさ」
「ウ……ソ……」
「梨々香と神楽くんの関係は、私とカイとはなんか違うも

ん。もっと絆が強いっていうか。私は正直、カイがクビになったとしたら、それはそれでショックだけど、梨々香のようにそこまでは思えないかも」
　レミはそう言って少し笑うと、私の顔をのぞきこんでくる。
「梨々香はさ、神楽くんと離れたくないんでしょ？」
「……う、うん」
「夜も眠れないほど辛いんでしょ？」
「うん」
「それってやっぱり、好きなんじゃないの？　幼なじみとか執事としてじゃなくて、ひとりの男の子として」
「……っ。そう、なのかな？」
　レミに指摘されて、あらためて考えてみる。
　私、かーくんのことが好きだったのかな？
　だからこんなに苦しいの？
　まるで心の問いに答えるように、レミが続ける。
「そうだよ。それに、梨々香はどこかで、神楽くんが執事だから好きになっちゃいけないって思ってたんでしょ？」
　そう言われて、たしかにそれはそのとおりだって思った。
　私は今まで、かーくんにドキドキしたり、カッコいいとか大切だって思うことがあっても、どこかでその気持ちを無意識にセーブしていた。
　いけないことだって思ってた。
　だけど本当は、もしかしたら、自分の気持ちにわざと気づかないふりをしていただけなのかもしれない。

かーくんはやっぱり、ほかの男の子とは違った。
　私にとって、誰よりも特別だった。
「私は今の時代、そんなの気にしなくていいと思うよ。恋愛なんて自由よ。身分とか家柄なんて関係ない。好きな人とすればいいのよ。なんなら神楽くんと駆け落ちでもなんでもしちゃえばいいじゃん」
「か、駆け落ち!?」
「うん。だって、梨々香はこのままパパの言いなりでいいの？」
「……うぅっ」
　レミの言葉がグサッと胸に刺さる。
　言いなり……本当にそのとおりだ。
　私は、思えばずっと今まで、我慢ばかりしてきた。
　パパがあれもダメこれもダメって言うから、なんだかんだそのとおりにしてきたし、パパの決めたルールの中でずっと生きてきた。
　だけどもう、我慢できない。
　かーくんのそばにいる権利まで奪われて、それでもまだ、パパの言うことを聞く必要があるの？
　いい子でいる必要なんかあるの？
　ないよね？
　私にだって、自由はあるんだ。
「そんなの……嫌」
「でしょ？」
　レミに言われて、目が覚めた。

嫌だよ。このままかーくんと離れたままなんて。
　パパの言いなりになって、将来どこかの御曹司と結婚させられるとか、そんなの嫌。
　私は自分の人生だって、恋愛だって、自分で決めたい。
「うん。私、かーくんと一緒にいたい」
　離れたくない。
　だって私は、かーくんのことが好きだから……。
　今頃ようやく気がついたんだ。
　いつも一緒にいるのが当たり前だと思ってた。
　だけど、離れてみてやっとわかった。
　私はいつの間にか、こんなにも、かーくんのことを好きになってたんだ。
　かーくんが誰よりも大切な存在になってたんだ。
　そう自覚したら、不思議なことに、少しだけスッキリした。
「ふふ、やっと認めた？」
　レミはホッとしたように笑う。
「うん」
「だったら今こそ反抗するべきよ」
　そう言うと、両手をグーに握ってファイティングポーズを決めるレミ。
「もうさ、こうなったら家出しちゃえば？」
　そんな過激な提案をしてくる。
「えっ！」
「梨々香のパパにわかってもらうためには、本気だって証

明するしかないよ」
　そう言われてちょっと驚いたけど、たしかにそれは名案だと思った。
　家出……。
　実は今までにも、何度かしようと思ったことはある。
　でも、そのたびにかーくんに見つかって、引き止められてできなかったんだ。
　だけど、もうこれ以上、何も失うものはない。
　パパにわかってもらうには、そうするしかないのかも。
「……そっか。わかった。私、決めた。家出する」
「おっ！　その気になった？」
「うん。もうこんな生活嫌だ。耐えられないもん」
　そう決意したら、急に元気が出てきたような気がした。
　そんな私の手を、ぎゅっと握るレミ。
「がんばれ！　私、応援してるから。何かあったらいつでも助けになるから言ってね」
　その言葉が心強い。
「ありがとう、レミ」
　レミがいてくれて本当によかったと思う。
　大切なことに気づかせてくれて、ありがとう。
　そうだ。いつまでもただ落ち込んでるだけじゃダメだ。
　自分でどうにかしなくちゃ。
　もう決めた。今日帰ったらさっそく家を出よう。
　パパにわかってもらえるまでは、絶対に帰らないから。
　私の本気を、今こそ証明してみせる。

「ほら、着替えたらすぐベッドに横になってください。今日はもう、勉強もピアノのレッスンもお休みすると伝えておきましたから」
「ありがとう、紫苑」
「体が一番ですよ。ゆっくり休んでくださいね」

　学校から帰ると、紫苑が私をすぐに部屋へ連れて寝かせてくれた。

　なぜなら私が今日、体育の授業中に貧血で倒れてしまったから。

　マチコ先生の家庭教師も、ピアノのレッスンも、全部キャンセル。

　久々に放課後ゆっくり休める。

　だけど、休むつもりはまったくない。

　紫苑は私が部屋着に着替えて布団に入ったのを確認すると、「ごゆっくり」と言って部屋を出ていく。

　静かにドアが閉まって、それから10秒ほどたって、戻ってこないのを確認したら、私はむくっとその場に起き上がった。

　そして、部屋の鍵をかけたあと、クローゼットからピンクのリュックを取りだす。

　この中に２晩くらい泊まれるだけの着替えや荷物を最低限用意すればいいか。

　今は半袖の季節だし、そんなにかさばらないし。

　あとはお金さえ持っていれば、何とかなるかな。

　なんて、まるで計画性がないけれど……。

今までひとりでどこかへ出かけるという行動を取ったことがないので、こういう時にちょっと悩んでしまう。
　だけど、自由に行動できるんだと思ったら、ちょっとだけワクワクした。
　もう誰の言うことも聞かない。
　好きなようにやるの。
　迷いなんてどこにもない。
　荷物の用意を終えて私服に着替えたら、机の中から適当なレターセットを取りだして、置き手紙を書いた。
　少しごめんねって気持ちもあったけれど。
　もちろん、紫苑とかママには悪いなって思うし、みんなに迷惑かけることはわかってる。
　だけど、パパにわかってもらうためには、こうするしかないから。
　自分の意志で家出したってわかるように、簡潔にメッセージを残して、ドレッサーの上にその手紙を置いた。
　下に落ちたり風に飛ばされて気づかれなかったら困るから、何か上に重しを置いておこうかな。
　なんとなくドレッサーの引き出しを開ける。
　するとその中に、ちょうどいいサイズの白い石がひとつ入っていた。
　これでいいや。
　手に取って、手紙の上に乗せる。
　だけどなんだろう、これ。
　少し懐かしいような……。

あぁ、そうだ。これは確か、あの時かーくんが一生懸命探して見つけてくれた——。
　ふいに幼い頃の記憶が甦ってきて、少しだけ切なくなった。
　そういえば、あの時行った公園、どこにあったかな。
　私ったら、この石をずっと大事にとってたんだ。
　忘れてた。
　懐かしいなぁ……。
　思わずその場でぼんやりと眺めてしまう。
　だけど、あまりゆっくりしていると、誰かがまた部屋を訪ねてくるかもしれないと思い、急ぐことにした。
　リュックを背負って、窓の前に立つ。
　スマホの電源を切って、カーテンを開け、窓を開けて。
　クローゼットにしまってあったおろしたてのスニーカーを履いて。
　——タンッ！
　私は窓から飛び降りた。
　そう。これは、初めての家出。

『パパへ。そしてみんなへ。

　私はもう、この家では暮らしていけません。
　いろいろ我慢してきたけど、もう限界です。
　だから、家出することにしました。
　ママ、紫苑、ごめんね。
　そしてかーくん、ごめんね。
　私は自分の人生は自分で決めたいの。
　パパの言いなりなんて、もう嫌なの。
　パパが私の気持ちを理解してくれるまで、家には帰りません。
　ありがとう。さようなら。
　またね。

梨々香』

## 必ず見つけてみせます【side神楽】

　午後6時。俺は夕食の準備を手伝っていた。
　最近はもう雑用といっても何でもアリで、執事というより半分家政夫みたいになっている。
　西園寺家はとくにシェフを雇うでもなく、料理の好きな奥様が自分で作っている。
　だから俺は夕食時になると、ほかのメイドとともにその手伝いをこなしていた。
　正直、植物の世話はまったく向いていない気がするけれど、料理をするのはけっこう好きだったりする。
　今日はサラダを作るよう頼まれたので、コブサラダをひとりで作った。
　奥様はお得意のハンバーグをこねている。
　りぃはまったく料理がダメなのに、その母親である奥様はめちゃくちゃ料理がうまい。
　ほんとに親子なのかよって思う。
　だけど、顔とマイペースな性格はそっくりだから、やっぱり親子なんだろう。
「まぁ神楽、素敵な盛りつけね。バッチリよ！」
「ありがとうございます」
「神楽と料理するの楽しいわ〜、私。ホントに何でもできちゃうんだから、神楽は」
「いえ、そんなことありませんよ。庭仕事は苦手なので」

奥様は、俺に対して今までと変わらぬ態度で接してくれる。
　いつもニコニコしてて、優しくて。
　気を遣ってくれているのか、りぃのことや、俺がクビになったことについては触れてこない。
　兼仁おじさんと俺は、相変わらず気まずいままだけれど、奥様といるのは気が楽だった。
　——ジュワ〜ッ。
　ハンバーグがフライパンで焼ける音がして、肉のいい匂いが漂ってくる。
　それに誘われてか、キッチンに誰かが入ってきた。
「おや、今日はハンバーグですか」
　誰かと思えば、紫苑だ。
「ええ、そうよ。紫苑も好きでしょ？　あ、でも紫苑は豆腐ハンバーグ派なのよね」
「そうですね。私はヘルシー志向なので。でも、普通のハンバーグも好きです」
　ヘルシー志向って、お前は女子かよ。
　なんて、つっこみたくなったけれど、奥様の前なので黙っておく。
「梨々香の具合はどう？　まだ寝てるのかしら？」
　奥様が紫苑に尋ねる。
　それを聞いて、少し心配になる。
　りぃの奴、どうやら今日学校で倒れたらしいから。
　寝不足による貧血だそうだ。

でも、俺があまり口をはさむことでもないと思い、何も言わなかった。
「えぇ、お休みになっていると思いますよ。でもそろそろお食事の時間ですから、起こしてきましょうか？」
「そうねぇ、それじゃー応見てきてくれる？　貧血だっていうくらいだからね、ごはんはしっかり食べてもらわないと」
　奥様にそう言われて、紫苑がりぃの部屋へと向かう。
　俺はその間、テーブルの上をふいたり食器を並べたり夕食のセッティングをして、引き続き準備を手伝っていた。
　するとそんな時。
　――ダダダダダッ!!
　急にものすごい勢いで、誰かが階段を駆け下りてくる音がして。
　何かと思って見たら、紫苑が顔をまっ青にしてこっちへ走ってきた。
　りぃの姿はそこにない。
　なんだ……？
　すごく嫌な予感がする。
　紫苑はハァハァと息を切らしながら、手に持った紙をこちらへ見せてくる。
「……っ。奥様、神楽、大変です!!」
「えっ？　どうしたの、紫苑？」
「何があった？」
「り、梨々香様が……っ、家出しました!!」

「えええっ!!」
「はぁっ!?」
　紫苑の言葉にギョッとして、思わず奥様と目を見合わせる。
　りぃが家出？　まさか。
　だって今日、貧血で倒れて寝てたはずじゃ……。
「こんな書き置きが……」
　息も絶え絶えに紫苑が言葉を絞りだす。
「……っ、ウソだろ？　ちょっとよこせよ!!」
　あわてて紫苑が持っていた紙を奪いとる。
　それはりぃが普段使っている便箋で、そこには彼女の字でメッセージが書かれていた。
「……パパへ。そしてみんなへ……」
　読みながら、どんどん鼓動が早くなってくる。
　ウソだろ。信じらんねぇ。
　本気かよ。
　だけど、それは冗談なんかじゃなく、まぎれもなくりぃの字で書かれた、家出の意志を伝える手紙だった。
「りぃっ……」
　思わず胸の奥がぎゅっと締めつけられる。
　同時に、りぃのことが心配でたまらなくなった。
　りぃは今まで、ほとんどひとりで出かけたことがない。
　というか、兼仁おじさんがそれを許さなかったから、基本的には俺か、ほかの誰かがいつもそばについていたんだ。
　そんなりぃがひとりで家出とか……大丈夫なのかよ。

いや、大丈夫なわけがねぇ。
　もしかして俺があの時、あんなことを言ったから……。
　そのせいなのか？
「神楽、ちょっと貸してくれる？」
　すると、奥様が冷静な表情で俺に手を差しだしてきて。
　すぐに手紙を手渡したら、彼女はそれを読み終えて、静かにつぶやいた。
「……そう。これは主人に言わないとね」
　それはまるでどこか、こうなることを予想していたかのようだった。
　だけど、俺は居ても立ってもいられない気持ちで。
「奥様っ、俺、探してきます！」
　すぐさま駆けだしたら、紫苑も同じく「僕も！」と言ってついてきた。
　ウソだろ。りぃが家出なんて。
　そんなこと考えてもみなかった。
　行くあてなんてあるのかよ。
　何も考えずに勝手なことすんなよ。
「紫苑、手分けして探そう。俺はりぃの行きそうな場所をすべて当たってみるから、紫苑はまずレミ様の家に行け」
　玄関を飛びだすと、紫苑にそう告げる。
　紫苑は「わかった」とうなずいて、白鳥家のある方向へと走っていった。
　俺もとにかく思いつく場所へ向かってみる。
　りぃの行きそうな場所、まったく見当がつかないわけ

じゃない。
　頼むから、無事でいてくれ……。
　ただでさえ危なっかしいのに、これ以上心配かけんじゃねぇよ。
　俺が必ずりぃを見つける。
　もう絶対ケガなんかさせてたまるか。
　りぃを守るのが、もう俺の役目じゃないとしても、そんなことは関係ない。
　絶対絶対、見つけだしてやるから。
　だからどうか、無事でいてくれよ。


　──それから約１時間後。
「なぜだ！　なぜ見つからないんだ!!」
　知らせを聞いて急遽(きゅうきょ)帰ってきた兼仁おじさんの大声が、リビング中に響き渡る。
　時刻は午後７時を過ぎて、外もだいぶ暗くなってきたというのに、どこを探してもりぃの姿は見つからない。
　俺も含め、家中のみんなが憔悴(しょうすい)していた。
　これでも近隣でりぃが立ち寄りそうな場所はしらみつぶしに探したつもりだし、聞き込みもした。
　レミ様はもちろん、りぃと親しい友達にはぜんぶ聞いてみたけれど、誰も心当たりがないという。
　りぃのスマホの電源は切れていて、電話はつながらないし、メッセージもメールも何も返ってこない。
　ただ不安だけがどんどん大きくふくらんでいく。

正直俺もここまで何も手がかりが見つからないとは思わなかった。
　りぃの行きそうなところは大体把握しているつもりだったし、自分なら見つけられるっていう、根拠のない自信があった。
　でも、りぃはどこにもいない。
　もちろん警察にも連絡したし、西園寺家のネットワークを駆使して頼めるところにはすべて協力を頼んだ。
　仕事では冷静な兼仁おじさんも、今はもう半分パニック状態で、さっきからみんなに当たり散らしている。
　しまいにはいつか俺にしたみたいに、鬼のような形相で紫苑の胸ぐらをつかんで、一喝した。
「紫苑！　なんでお前はちゃんと見張ってなかったんだ!!」
「ほ、本当に申し訳ございません……っ。まさか、窓から脱出なさるとは思わなくて……」
「お前がもっとしっかりしてれば、こういうことにはならなかったはずだ!!」
　その様子を見て、自分まで胸が痛む。
　普段はあまり表情を崩さない紫苑も、今日ばかりはひどく思いつめた顔をしていた。
　兼仁おじさんは紫苑から手を離すと、今度は俺たちみんなに向かって怒鳴り散らしはじめる。
「そもそも、これだけの人がいて誰も気づかないとはどういうことだ！　どうなっとるんだ、この家の者たちは！　どいつもこいつも役立たずめっ!!」

その暴言とも取れるセリフに、その場がシーンと静まり返る。
　メイドも俺たち執事も、みんなが暗い顔をしてうつむいた。
　誰からも言葉は出なかった。
　だけど次の瞬間……。
　──パチンッ！
　どこからか、手ではじくような音が聞こえて。
　何かと思って顔を上げたら、なんと、普段優しく温厚な奥様が、兼仁おじさんに派手にビンタをかましたところだった。
　それを見て、みんな驚いたように目を丸くして固まる。
　その場がシーンと水を打ったように静まり返る。
　ぶたれた兼仁おじさんも、頬に手を当てて呆然としている。
「……あなた、八つ当たりも大概にしてください」
　そう口にした奥様は、目に涙をためていた。
「わからないの？　梨々香が家出したのは、少なくとも半分あなたに原因があるのですよ」
「な、なんだと……！」
「梨々香の気持ちを考えたことがありますか？　あの子が最近ずっと元気がなくて落ち込んでいたのは、あなただって知ってるでしょう」
　いつもとは違い、少し感情的になって話す奥様。
「いや、しかしだな……」

「あなたはいつも、自分の意見ばかり押しつけて、自分が安心したいがために梨々香のことを縛っていたのに気がつかなかったの？」

そう言われて、言葉に詰まる兼仁おじさん。

「梨々香はもう子どもじゃないんです。ちゃんと意志を持ったひとりの人間です。もう親の言いなりになるような年頃ではありません。梨々香にとって本当は何が幸せなのか、あの子の立場になって考えてあげるべきよ」

そう言い切った奥様の目からは、一筋の涙がこぼれ落ちた。

それを見て俺も、何とも言えない気持ちになる。

「ワ、ワシの、せいだと言うのか……」

兼仁おじさんはがっくりと肩を落とし、力が抜けたかのようにつぶやいた。

そこにさっきまでの勢いは、もうない。

そして、急にこちらを振り返ったかと思えば、そばに立っていた俺の肩を両手でガシッとつかんだ。

突然のことに、俺も思わず心臓が飛び跳ねる。

「……神楽。どこかほかに、思い当たる場所はないのか」

そう問いかけるおじさんの目は赤く、少し潤んでいた。

久しぶりに目を見て話しかけられたような気がする。

「……っ、そうですね。私も、思い当たる場所は大体探したのですが……」

「何か、なんでもいい。心当たりは……っ。お前なら何かわかるんじゃないのかっ！」

すがるような口調でそう言われた瞬間、胸の奥がドクンと音をたてた。
　……兼仁おじさんが、俺を頼っている。
　一度は信頼を失って、もう頼られることなんてないと思ってたのに。
　この人が、再び俺を必要としてくれたという事実に、心が震えた。
　同時に強い思いが湧いてくる。
　俺だって、もう一度、役に立ちたい。
　俺がこの人を安心させてやりたいんだって。
　根拠なんかない。自信なんてない。
　絶対なんて言えるものはない。
　できるかどうかなんてわからない。それでも……。
　俺は絶対にできる。やってみせる。
　そう思った。
　まっすぐに兼仁おじさんの目を見つめる。
「ご主人様、大丈夫です。私が責任をもって見つけだします。必ず見つけてみせますから。梨々香様は絶対に無事です。私を信じてください」
　キッパリと、そう言い切った。
　おじさんは目に涙を浮かべながら答える。
「……くっ、頼んだぞ」
　その言葉は、今の俺にとっては、何よりもうれしかった。
　どこからともなく力がみなぎってくる。
「ところで、この梨々香様の置き手紙は、どこに置いてあっ

たんですか？」
　俺がそう尋ねると、横から紫苑がひょこっと顔を出した。
「あ、それは、梨々香様の部屋のドレッサーの上です」
　そう言われて、もう一度りぃの部屋を調べてみようと思い立つ。
　さっきは気が動転していきなり外へ探しにいったから、思えば部屋をよく見ていなかった。
　冷静になって部屋を探せば、何か手がかりがあるかもしれない。
　部屋に入ると、中はいつもどおりな感じで、目立って変わった様子はなかった。
　ふと、手紙が置いてあったというドレッサーの前まで来てみる。
「あっ」
　するとそこには何か、白い石のようなものが置かれていた。
　石のようなもの、というよりは、本物の石だ。
　すべすべとした、白くて綺麗な丸い石。
　だけどなんだろう。どこかで見た覚えがあるな。
　妙に懐かしい気持ちになって、その石を手に取ってみた瞬間、ハッとした。
　……あれ？　まさか、これって……。
　ふいに、幼い頃の記憶が甦る。
　そうだ。確かこの石は、10年以上昔、あの時俺が……。
　あの公園って、どこにあったっけ？

「そうだっ！」
　思わず石を握りしめたまま、走りだす。
　なぜだかわからないけれど、心のどこかで今度こそりぃが見つかるような気がしていた。
　俺の勘が正しければ、きっと……。
　そんな確信が芽生える。
　勢いよく家を飛びだして、駅に向かって全速力で走る。
　外はもう日が落ちて暗かった。
　待ってろよ、りぃ。
　俺が必ず見つけだすから。
　今度こそ、必ず――。
　絶対に俺が、お前を見つける。

## かーくんじゃなきゃダメなの

「……はぁ」
　公園のベンチに座って、ため息をつく。
　目の前には大きな噴水。
　だけど、もう夜だからあたりには誰もいない。
　私はそこでぽつんと途方に暮れていた。
　勢いで家を出てきたのはいいけれど、これからどうしよう。
　あのあと、急いで駅まで行って、電車に乗って、この公園の最寄り駅で降りたんだ。
　子どもの頃、ママとかーくんと３人で電車に乗って来たことがある、この水無公園。
　当時ママは車の運転ができなかったから、私が大きな公園に行きたいって言ったら、電車でわざわざここに連れてきてくれた。
　でもママは電車の切符を買うのにも手間取っていて、しまいには駅で降りるとき切符をなくして、駅員さんを困らせてたんだっけ。
　そんな事を思い出す。
　その時に私は確か、この駅の名前を覚えたんだ。
　当時はもうひらがなが読めてたから、ホームの看板に『みずなし』って書いてあって、ママが『水が無いって書いて、水無駅なのよ』って教えてくれた。

だけど、この水無公園に来たら大きな噴水があって。
子どもながらに不思議に思った。
こんなに水があるのに、なんで水無なんだろうって。
その記憶があったから、無意識にその駅で降りてしまった。
降りたら昔と変わらないこの公園があって、なんだか感激して。
子どもの頃の自分とかーくんの姿を思い出したりしてた。
あの頃は、毎日のように一緒に遊んでたなぁ。
泥だらけになって、いつも私は木登りをして。
懐かしいなぁ……。
思わずちょっとだけ泣きそうになる。
あの頃はよかったなぁ、なんて。
私のそばにはいつもかーくんがいて、それが当たり前だった。
でも今は、そうじゃない。
それどころかもう、誰もいない。
ひとりぼっち……。
自分で決心して家を出てきたはずなのに、いざこうしてひとりになってみると、急に心細くなる。
だからと言って、戻る気はなかった。
だって、パパにわかってもらうには、こうでもするしかないって思ったから。
今頃みんな心配してるかな。

紫苑は、ママは、大丈夫かな。
　かーくんは？
　……かーくん。
　いつもなら、こういう時は、かーくんが必ず私を見つけてくれた。
　どんなピンチにだって、彼は必ず駆けつけてくれた。
　かーくんがいなかったら本当に、今頃自分はどうなっていたかわからないって思う。
　──タッタッタッ。
　その時ふと、向こうのほうから足音がして、人影が見えた。
　誰かが走ってくる。
　もしかして！という期待がよぎったけれど、確認したらそれはジョギングをしているジャージ姿のおじさんで。
　思わずがっかりしてしまった。
　なんだ……。
　私ったら、何を期待してるんだろ。
　誰も来るわけがないのに。
　一瞬、かーくんかも、なんて思ってしまった。
　バカだなぁ。
　見つからないように、わざとわかりにくい場所まで逃げてきたんでしょ。
　それなのに、変なの。今さら寂しくなるなんて。
　ジョギングのおじさんが通りすぎるとまた、誰もいなくなって、静かになる。

これからどうしよう。
　考えれば考えるほど、不安になった。
　とりあえず、どこかに泊まる？
　お金ならちゃんと持ってきたから、１泊くらいなんとかなるはず。
　だけど、ひとりでホテルに泊まったことなんてないし、どうしたらいいのか、いまいち手はずがわからない。
　家を出てみて初めて、気がついた。
　自由って快適だと思ってたけど、案外孤独なんだって。
　私は結局ひとりじゃ何もできなくて。わからないことばかりで。
　いかに今まで、自分がいろんな人に支えられて生きてきたかを実感する。
　だけど今さら、引き返すことなんてできない。
　このまま私、どうなるんだろう。
　もうわからないよ。
　今はただ、かーくんに会いたい。
　会いたいよ。
　私のこと見つけにきてよ。
　お願い……。
　ベンチの上で膝を抱えてうずくまる。
　たぶん、10分以上そうしていたと思う。
　半袖のままでいたら、だんだんと肌寒くなってきて、お腹もすいてきて。
　でもどうしてか、動けなかった。

わけもなく涙が出てきそうになる。
　心細くて、怖くて、不安で。
　家には絶対に帰りたくなかったけれど、かーくんにすごく会いたくなった。
　やっぱり私、かーくんがいないとダメだ。
　ダメなんだよ。
　だけどその時……。
「りぃ！」
　突然どこからか、聞き覚えのある声がして。
　私は思わず耳を疑った。
　……えっ？　あれ？
　今の、空耳かな？
　たしかに今、聞こえたような気がしたんだ。
　かーくんの声が。
「りぃっ‼」
　だけどそれは、空耳でも夢でもなくて。
　すぐそばで聞こえたその声に、顔を上げたとたん、私の視界に飛び込んできたのは……、
「……っ、かーくん？」
　大好きな彼の姿だった。
　心臓がドクンと大きく音をたてる。
　信じられない。どうして……。
　かーくんは私と目を合わせると、息を切らしながらも、ホッとしたように微笑んで。
「……やっと見つけた」

そうつぶやいた。
　その言葉に、うれしさのあまり涙があふれてくる。
「ウッ、ウソ……っ」
　夢みたい。
　それとも幻かな。
　まさか、本当にかーくんが探しにきてくれるなんて思ってもみなかった。
「どうして……ここがわかったの？」
　震える声で尋ねる。
　すると、彼は執事服のズボンのポケットから何かを取りだして。
「ほら、これ……お前の部屋で見つけたんだよ。どこ探してもいねぇから、もしかしたらって」
　それは、あの時の白い石だった。
　私が手紙の上に置いた石。
　かーくんとの思い出の石。
　見た瞬間感激して、胸がいっぱいになる。
　この石で、私がこの場所にいるって気がついてくれたなんて。
「そんな昔のこと、覚えてたの？」
　私がそう言うと、かーくんは当たり前だろといった顔で答える。
「忘れるわけないだろ。俺が落としたからって、りぃが大泣きして、公園中走り回ってすっげぇ必死で探したやつだぞ」

そう言われて、彼もまたあの日のことをちゃんと覚えていてくれたんだって、私だけじゃなかったんだって思った。
　思わず笑みがこぼれる。
「……すごい。まさか、ほんとに来てくれると思わなかった」
　やっぱり、かーくんはすごいや。
「この石だって、そう。見つけてくれたもんね」
　どこにいても、私のことを見つけてくれる。
　どんなピンチの時だって、必ず気づいて助けにきてくれるの。
「かーくんはやっぱり、私のヒーローだよ……っ」
　そう口にしたら、ぽろぽろと涙がこぼれてきた。
　ベンチから立ち上がって、向かいあったらもう、止まらなくて。
「はは。そりゃ来るに決まってんだろ。ったく、心配ばっかかけやがって」
　そう言って、安心したように笑いながら、私の涙をそっと指でぬぐってくれるかーくん。
　やっぱり優しい彼のことが、心から大好きだって思った。
　そのままそっと彼の胸に顔をうずめて、ぎゅっと手でしがみつく。
「……おいっ、りぃ？」
「やっぱり私、ダメだよ。かーくんがいないと」
「……」
「ダメなのっ。苦しくてたまらないの」
　今まで抑えていた気持ちが、どんどんあふれだしてきて。

「ねぇかーくん、このままふたりで逃げよう？」
　思わずそんなことを口にしてしまった。
「なっ。バカお前、何言って……」
　かーくんはとまどったようにそう答えたけれど。
　私はもう、かーくんさえいればいい、そんな気持ちだった。
「だって、このままじゃ……。私もう、こんな生活耐えられない。かーくんのいない毎日なんてっ」
「りぃ……」
「……好き」
「えっ？」
　もう止まらない。
「かーくんが好き……。好きなの」
　やっと私、気がついたんだ。この気持ちに。
　もう知らないふりなんてできない。
「身分とか、そんなの関係ないよ。私はかーくんじゃなきゃダメ。ずっと一緒にいたいの。かーくんと一緒にいられないなら私、お嬢様なんてやめるっ……。やめてやるわっ！」
　そう言って、さらにぎゅっと強く彼にしがみついた。
　涙があとからどんどんあふれだしてきて、止まらなくなる。
　自分の想いを言葉にするだけで、こんなにも涙が出てくるなんて、思ってもみなかった。
「だから……っ、そばにいてよ。行かないで……」
　震える声を絞りだす。

もう離れたくないって、強く思う。
　そしたらその瞬間、
　──ぎゅっ。
　今までずっと固まったように動かなかったかーくんが、私の体を強く抱きしめ返してくれた。
「……あーもう。マジ、お前って奴は……っ」
　かーくんの声も少し震えている。
「俺が今まで、どれだけ我慢してきたと思ってんだよ……っ」
「えっ……」
　我慢？
「好きだ」
　──どきん。
「好きだよ。りぃ」
　彼の口から飛びだした思いがけないセリフに、一瞬心臓が止まるかと思った。
　ウソ……。信じられない。
　かーくんが、私のことを？
「俺だって、りぃとずっと一緒にいたい。そのためならもう、すべてを敵に回してもかまわねぇよ」
　その言葉がなんだか夢みたいで、今自分がここに立っていることすら忘れてしまいそうになる。
　かーくんが、あのかーくんが、私と同じ気持ちだったなんて。
　そんなこと思ってもみなかった。

かーくんは驚いて硬直する私から腕を離すと、そっと右頬に手を触れてくる。
　そして、私の目をじっと見つめながら言った。
「……ずっと、好きだった。でも、立場的にいけないことだってわかってたし、この気持ちは死ぬまで隠しとくつもりだった」
「ウソ……」
　そうだったの？
「執事としてでも、お前のそばにいられるなら、俺はそれでいいと思ってた」
「かーくん……」
　そんなふうに思っててくれたんだ。
　かーくんは私のことを、ずっと想っていてくれたんだ。
　もしかすると、私よりもずっと前から……。
「でも、お前も俺と同じ気持ちだって言うんなら、もう我慢できねぇよ」
　かーくんはそうつぶやくと、頬に手を添えたまま、私の顔をのぞきこむように顔を近づけてくる。
「……もう、我慢しない」
　そして、次の瞬間彼の唇が、私の唇に優しく触れた。
　気持ちと気持ちがひとつにつながった瞬間。
　生まれて初めてのキスは、言葉で表現できないくらいに幸せなものだった。
　好き。大好き……。
　かーくんがいればもう、何もいらないよ。

そっと唇が離れて、そのままかーくんの顔を見上げたら、彼の目にも少し涙がにじんでいた。
「……好きだよ。りぃ」
　まっすぐなその瞳が、私だけを映してる。
　その言葉だけで、すべてが満たされたような気持ちになる。
「お前のことはずっと、俺が守る。何があってもずっと、お前のそばにいる」
　かーくんのまっすぐな想いが痛いほどに伝わってきて、また涙がじわじわとあふれだしてきた。
「私だって、好き……っ。かーくんと一緒にいられるなら、もうどうなってもいい」
　この恋がたとえ、許されない恋だとしても。
　私は、かーくんのそばにいることを選ぶよ。
「……んっ」
　かーくんの唇が、再び私の唇をふさぐ。
　そのままふたりで泣きながら何度もキスを交わした。
　かーくんのことが心の底から愛おしくて、どうしようもなくて。
　ようやくつながった気持ちを誰かに引き裂かれるくらいなら、このままふたりで消えてしまいたいとすら思った。
　もう絶対、離れたくない。
　かーくんがいればそれでいい。
　ほかには何もいらないから。
　ふたりでゼロからはじめよう——。

午後8時を過ぎると、あたりはもうまっ暗だった。
　かーくんと手をつないでベンチに腰かける。
　私はもうそれだけで幸せで、ほかのことはどうでもよくて。
　これから先のことなんて、今は考えたくなかった。
　かーくんがそばにいてくれる、もうそれだけでいい。
　だけど、かーくんはふいに自分の腕時計に目をやると、
「暗いな。もう8時を過ぎたか」
　なんて、私と違って時間を気にしているみたいだった。
　まぁたしかに、このままずっとここに座ってるわけにもいかないし、どうするか考えなくちゃいけないよね。
「ほんとだね。これからどうしよっか？　とりあえず、今日はどっか泊まる？」
　私がのん気にそう尋ねると、かーくんは急にギョッとした顔をする。
「はっ？　泊まるって、どこに？」
「えっ、ホテルとか……」
「ぶっ！」
　なぜか吹きだすかーくん。
「ホテルってお前……それはまずいだろ」
「なんで？　あ、大丈夫！　お金ならちゃんと持ってきたよ！」
「いや、そういう問題じゃねぇよ……」
「じゃあ、どういう問題？」
「だ、だからそれは……」

何を思ったのか、少し顔を赤くして、言葉に詰まるかーくん。

　だけど、そのまま数秒考え込んだかと思うと、急に私の手をぎゅっと強く握って、ベンチから立ち上がった。
「とりあえず、いったん帰るぞ」
「えぇっ!?」
　その言葉に驚愕(きょうがく)する。
　どうして？
　このまま家に帰ったって、パパがますます怒るだけなのに。
「なんでっ！　嫌だよ！　帰らないよ！」
　正直まだ、パパには会いたくない。
　せっかくかーくんと気持ちを確かめあえたっていうのに、またパパに引き裂かれるなんて嫌だよ。
　だけど、かーくんは嫌がる私に真面目な顔で。
「ダメだろ。帰らねぇと、兼仁おじさんが心配する」
　まさか、ここで今さらパパの名前が出てくるとは思わなかった。
「なっ、なんでパパ？　パパなんていいのよ！　心配させとけば！」
「よくねぇよ」
　えっ……。
「なんでっ……。かーくんも、一緒に逃げてくれるんじゃないの？」
　このまま私たち、また引き離されてもいいの？

私が問いかけると、かーくんは首を横に振る。
　そして、ハッキリとこう言い切った。
「俺はもう逃げない」
　──ドキッ。
「約束したんだ。兼仁おじさんに。お前を必ず見つけだすって」
「えっ……」
「ちゃんと話そう。わかってもらえるまで」
　そう話すかーくんの表情は、妙に落ち着いている。
「このまま逃げたら、もっとよくねぇだろ」
「それはそうだけど……」
　たしかに、言っていることはもっともだと思った。
　だけど……。
　私がケガした時のパパの様子が甦り、不安になる。
「でもっ、わかってもらえるかな？　無理だよ。パパは絶対……」
　あのパパが私たちの関係を許してくれるなんて、とても思えない。
　かーくんだってそうでしょ？
「たしかに、そうかもしれねぇけど。でも俺は、あきらめたくない。何年かかってでも、認めてもらえるようがんばるから」
「かーくん……」
「お前のそばにいるためなら、なんだってする」
　そう口にしたかーくんの瞳には、強い意志が宿っている

ように見えて。
　そんな彼を見たら、私もやっぱりあきらめたくないって思った。
　そうだよね。逃げちゃダメだよね。
　私だって、かーくんと一緒にいるためなら、なんだってする。
　なんだってできるような気がする。
「そうだね。私もがんばる」
　一緒にがんばろう。
　そう思って強く手を握り返した。
　するとその時。
「いましたっ!!」
　ふと噴水の向こう側から誰かの叫び声があがって、どやどやと人が走ってくる足音がして。
　かーくんとそちらに目をやると、そこにはなんと、息を切らした紫苑の姿があった。
「……えっ、ウソッ？」
「紫苑っ」
　なんで？
　そのうしろからパパとママまで走ってくるのが見える。
　どうやらここにいるのが見つかってしまったみたいだった。
　ど、どうしよう……。
「お前……なんでここが？」
　かーくんが紫苑に尋ねると、紫苑は持っていたタブレッ

ト端末の画面をこちらに見せて。
「神楽のスマホのGPSを追ってここまで来ました」
「えっ」
　そっか。かーくんのスマホで位置がわかったんだ。
　執事が持つスマホにはGPS機能がついていて、オフにできないような仕様になっているんだった。
　すると、その後方からすごい勢いで、
「梨々香〜っ‼」
　パパが涙を流しながら抱きついてきた。
「無事でよかった！　あぁ、よかった……っ」
「パパ……」
　そんなふうに泣かれたら、自分までちょっと泣きそうになってしまう。
　やだ私、パパにずっと怒ってたはずなのに。
「みんなで必死で探したのよ。外はまっ暗だし、すごく心配したわ」
　そう口にするママの目も少し赤い。
　泣いたのかな。
　それを見たらなんだか急に申し訳ない気持ちになって、何も言えなくなってしまった。
　自分で思っていた以上に、みんな私のことを心配してくれてたんだって。
　今さらながらちょっと、自分の軽率な行動を反省する。
「ご主人様、梨々香様をまっ先に見つけたのは神楽ですよ」
　そしたら急に紫苑が、パパに向かってそんなことを進言

した。
「そうだ。神楽、お前はなぜ梨々香がここにいるとわかったんだ?」
　パパがかーくんにそう尋ねると、かーくんはさっきの石をまたポケットから取りだす。
「実は、この石が梨々香様の部屋の手紙のあった場所に置かれていたのを見て、昔この公園に一緒に来たことを思い出したんです」
　それを聞いて、目を丸くするパパ。
　その横でうれしそうに微笑むママ。
　するとそこで、かーくんの隣に立っていた紫苑が、パパに向かって笑顔で語りはじめて。
「僭越ながら申し上げますが、梨々香様のことはやっぱり、神楽が一番よくわかっているんです。彼は、梨々香様のことを子どもの頃からずっとそばで見守ってきたんですから。私なんてとてもかないません」
　そんな意外な彼の発言に、私はもちろん、かーくんもすごく驚いた顔をしていた。
「紫苑……」
　まさか、そんなフォローを言ってくれるなんて。
「だから、彼を戻してやってくれませんか?」
「……なっ」
　目を白黒させたパパは絶句する。
「お嬢様の専属執事をまた、神楽にやらせてやってください」

紫苑はそう言って、パパに向かって深々と頭を下げる。
　その姿には思わず私も、胸がジーンとしてしまった。
　紫苑……。
　正直、紫苑とかーくんって、今まで仲がいいのか悪いのかよくわからないなんて思ってたけど、本当はこんなにもかーくんのことを思ってくれていたんだ。
　そして、絶対的な主人であるはずのパパの前にもかかわらず、私たちに味方してくれて。
　どうしよう。なんか、感激しちゃうよ。
「どうかお願いいたします」
　念を押すように告げる紫苑。
　だけどそれを聞いたパパは、すぐさま私の腕の傷に目をやると、やっぱり渋い顔をして。
「い、いや、しかしだな……」
　だから私は、自分もその勢いでバッと頭を下げた。
「私からもお願いしますっ！」
「梨々香っ？」
　私の勢いにパパがポカンと口を開ける。
「私、かーくんがいい。かーくんじゃなきゃダメなの。かーくんと一緒にいたいのっ……」
　言いながら、涙がどんどんあふれてくる。
　でも、今こそ言わなくちゃ。
「かーくんのことが好きなのっ！」
　あぁ、言っちゃった。
　大きな声でそう口にした瞬間、パパは今まで見たことが

ないくらいにひどく驚いた顔をした。
「な、なんだって～っ!?」
　開いた口がふさがらないとでもいった様子で。
　だけどすぐさま、横にいたかーくんにつかみかかると、
「おい神楽っ、まさかお前、梨々香をたぶらかしておったのか？」
「……っ、いえ、ご主人様、私は……」
　かーくんはあわてて否定する。
「あなた、落ち着いてっ！」
　するとそこに、すかさずママが止めに入って。
「神楽がそんなことするわけないでしょう。彼は執事として立派に仕事をしてくれていましたよ」
「いや、だがな、梨々香がまさか……」
「それに、知ってます？　彼は執事科でも毎回トップの成績をおさめているし、最近は真剣に経済や経営学まで勉強していたのよ」
「えっ？」
　それを聞いて、パパはさらに驚いた顔をする。
「お、奥様、それはっ……」
　かーくんは恥ずかしかったのか、少し困った顔をしてたけど。
「そうなのか？」
「ええ。彼は彼なりに、梨々香のそばにいるためにがんばってくれていたのよ。ねぇ、神楽？」
　ママが優しく問いかけると、かーくんはうなずく。

「……はい」
　そんな彼を見て、私はまた胸が熱くなった。
　そうなんだ。知らなかった。
　たしかに、かーくんは最近いつも難しい本を読んでいたけど、あれは、そういうことだったんだ。
　私のそばにいるためだったんだ……。
　そして、ママはそうやって努力しているかーくんを知っていたんだ。
　なんだかますます感激しちゃう。
　パパは手をそっと離すと、かーくんの顔をじっと見る。
「神楽、お前……本気なのか？　お前もまさか、梨々香のことを……」
　すると、かーくんはパパの目をまっすぐ見つめながら、ハッキリとこう答えた。
「はい。本気です」
　その姿にドキドキする。
「私は、梨々香様のことが好きです」
「なっ……！」
「彼女のためなら、なんだってできます。どんな時も、私が必ず彼女を支えます。だからどうか、これからも彼女のそばにいさせてください！」
　かーくんはそう言って、しっかりと頭を下げる。
「お願いします……っ」
「かーくん……」
　今まで一切パパに歯向かうことをしなかったかーくん

が、私のために捨て身の覚悟を決めてくれた。
　その事実に胸が震えて、また泣きそうになった。
「な、なんてことだ……っ」
　だけど彼の覚悟を聞いたパパは、面食らったような表情で頭を抱える。
「……っ、じゃあお前は、今まで下心を隠して梨々香の世話をしていたというのかっ！」
　しまいには怒りだして。
「いえ、そんなことは……！」
「パパ！　違うわっ!!」
　だから私はすかさずパパの前に飛びだして、腕にすがりついた。
「かーくんはそんな人じゃない！　かーくんはずっと、ちゃんと、私の執事でいようとがんばってくれてた！　先に好きだって言ったのは、私なのっ！」
「何いっ!?」
「お願いよ、パパ……っ」
　目に涙をためながら、必死でパパに訴える。
「私が生まれて初めて本気で好きになった人なの……」
　そう。初めての恋なの。
「御曹司と結婚するって約束を果たせないなら、私がいっぱい勉強して、パパの会社を継ぐわ。かーくんと一緒にいられるならなんだってする。だから、お願いっ……」
　まっすぐパパの目を見つめる。
「認めてくれるまで、私、ここから帰らないから！」

「な、なんだと！」
　お願い、わかってよ……。
「お願いします‼」
　隣でまた頭を下げるかーくん。
　すると、その横から、
「私からも、お願いいたします！」
　紫苑まで一緒になって頭を下げてくれた。
「なっ！　紫苑、お前まで……」
「私からもお願いよ。あなた」
　すると、ママまでそこに加勢してくれて。
「……っ」
　追いつめられたパパは、黙り込んで下を向いてしまった。
　ドキドキしながら自分も頭を下げる。
　一生に一度のお願い。
　やっぱりダメって言われるかもしれない。
　無謀な試みかもしれない。
　それでも、どうしてもあきらめたくなかった。
　かーくんが言うように、何年かかってでも、認めてもらえるまでがんばりたい。
「はぁ……」
　すると、パパは急に深いため息をついて。
　それから静かに私の名前を呼んだ。
「梨々香」
　ハッとして顔を上げる。
　そしたらパパは少し寂しそうな顔で、私の目を見つめな

がら、問いかけてきた。
「それが……お前の幸せなのか？」
「パパ……」
　その目には、涙が浮かんでいる。
　私はそれを見て、あぁ、やっぱりパパは私のことを心から大事に思ってくれてるんだって、愛してくれてるんだなって思った。
「うん。そうだよ。かーくんと一緒にいられることが、私の幸せなの」
　ハッキリとそう答える。
　そしたらパパは、フッと少しだけ笑ってみせて。
「……フッ」
　それから腕をブンッと振りながら、大声で叫んだ。
「ええ～い！　仕方がないっ!!」
「えっ……。パパ？」
　もしかして、今のは……。
「まったく、みんなしてワシを取り囲みおって！　かわいいひとり娘にここまで言われたら、どうしようもないじゃないかっ！」
　そう言って悔しそうな顔をするパパは、やっぱり私の大好きなパパに違いなかった。
　いつも尊大(そんだい)で、心配性で、口うるさくて。
　だけど、本当は誰よりも、娘思いな優しいパパ。
「パパぁっ!!」
　うれしさのあまり、思わずぎゅっと思いきり抱きつく。

「ありがとう! 大好きっ!」
　夢みたい……。
　パパが認めてくれた。私とかーくんのことを。
　絶対に無理だと思ってたのに。
　認めてくれたんだ。
「ご主人様、ありがとうございます!!」
　かーくんもしっかり頭を下げて礼を言う。
　そのうしろで紫苑とママも手を取りあって喜んでいて、その場が一気に幸せな空気に包まれた。
　かーくんと再び目を見合わせると、すごくうれしそうな顔で微笑んでくれる。
　やっぱりあきらめなくてよかったなって、心の底から思った。
「……し、しかしだなっ、そのかわり、条件がある!」
　だけど、その時パパが急にそんなことを言いだして。
「えっ?」
「いいか神楽、お前にだ」
　そう言われたかーくんは、再び少し緊張した顔で返事をした。
「はい」
　なんだろう。条件って。
「まずひとつは、執事科を首席(しゅせき)で卒業すること。そして、ワシの片腕として働けるくらいしっかり勉強すること。いいな」
　その言葉を聞いて、パパはやっぱりかーくんのことを認

めてるんじゃないかって、実はすごく期待してるんじゃないかって、そう思った。
　首席卒業だって、きっと、かーくんならできる。
「はい。約束します！」
　かーくんは何の迷いもなくそう答える。
　その姿がとても頼もしい。
　だけど、条件というのはそれだけじゃなかった。
「それと、もうひとつ……」
　パパは今度は少し言いづらそうに間をおいてから言葉にする。
「お前を結婚相手として正式に認めるまでは、梨々香に絶対手を出さないこと」
「えぇっ、パパ!?」
　ウソ。もうひとつの条件って、それ……？
「健全(けんぜん)な交際をするように。わかったな」
　それを聞いて、かーくんはなんて答えるかな、なんて思ったけれど、彼はまた、少しも迷わずに返事をしてくれた。
「はい、わかりました」
「ひとつでも破ったらクビだからな。わかってるよな？」
「はいっ」
　なんだか少し照れくさいけれど、とてもうれしい気持ちでいっぱいになる。
　かーくんは、私のために努力することをパパに誓(ちか)ってくれたんだ。
　だったら、そのぶん私もがんばらなくちゃね。

するとパパは、かーくんの肩にポンと手を置いて。
「言っとくが、ワシはお前を信用しとるんだからな」
「ご主人様……」
「期待を裏切るではないぞ」
　その表情は少し悔しそうでもあり、寂しそうでもあったけれど。
　パパのかーくんへの愛情みたいなのが感じられて、見ている私まで胸がジーンとしてしまった。
「はい！　ありがとうございますっ！」
　そう言って再び頭を下げたかーくんは、本当にうれしそうで。
　私は彼のもとへ駆け寄ると、ぎゅっと抱きついた。
「かーくん！　やったぁ〜！」
　なんだかもう、うれしくてたまらない。
「おい、お前たちさっそく……」
「まぁまぁ、いいじゃないですか」
「よかったわね〜。ふふふ」
　なんて、紫苑とママも笑ってる。
　パパは苦笑いしていたけど。
　本当に幸せな気持ちでいっぱいだった。


パパが私に問いかけた、私の幸せ。
それは、これからもずっと、かーくんと一緒にいること。
大好きな彼と、ずっと一緒に生きていくということ。
未来のことはわからない。

先のことなんて誰も知らない。
　だけど、これだけは言えるよ。
　この気持ちはきっと、ずっと、変わらないって。
　それだけは確信してるの。
　私にとってはきっとこれが、最初で最後の恋だから。
　最後の瞬間まで、ずっとふたりで、手をつないでいようね――。

## エピローグ

　それから数日後のこと。
「はぁーっ、なんかお腹いっぱいになったら眠くなっちゃった〜」
「お前は食いすぎなんだよ。また太るぞ」
「むうっ、いいの〜っ。もう」
　夕食後、私の部屋にかーくんが来てくれて。
　いつもみたいにふたりでベッドに座って他愛ない話をしてた。
　あの日以来、かーくんはパパに許しをもらって、無事元どおり私の専属執事兼ボディガードとして復帰することになった。
　こうしてまた毎日一緒に過ごせるのが、とてもうれしい。
　かーくんがいつも隣にいてくれる。
　そう思ったらそれだけで、私は幸せな気持ちになれる。
　それに、今はもう、かーくんはただの執事じゃない。
　私の彼氏でもあるんだ。
「ねぇ、かーくんはいつから私のことを好きでいてくれたの？」
　ふと気になって、そんな質問をしてみた。
「えっ」
　すると、かーくんはちょっと困ったように数秒考え込んだあと。

「……秘密」
　ボソッとつぶやいた。
「えーっ、なんでー？　教えてよ〜っ」
「ダメ。言わねぇよ」
　なぜだか教えてくれない。
「ケチーッ」
　だから私は、ちょっとすねたようにムッとした顔でかーくんを見上げた。
　だけど、その顔はちょっと照れているようにも見える。
　かーくんはこう見えて、けっこうシャイなところがあるからなぁ。
　そういうところも大好きだけどね。
「でも、私の初恋は、かーくんだよ」
　思わずそんなことを口にしてみる。
　そしたら、かーくんは目を大きく見開いて、ポッと頬を赤らめた。
「私にとってはかーくんが、初めて好きになった人だから。これからも、私が好きなのは、かーくんだけだよ」
　なんて、ちょっとストレートすぎるかもしれないけど。
　かーくんと両思いになれた喜びで、つい、いっぱい好きって言いたくなっちゃうんだ。
　すると、かーくんは次の瞬間私の背中に手を伸ばすと、
「……っ、アホ」
　恥ずかしそうな声でそう言いながら、ぎゅっと抱きしめてきた。

「俺だって、そうだから……。つーか、俺が何年お前のこと想い続けてたと思ってんだよ」
「えっ？」
　その言葉に心臓がドクンと大きな音をたてる。
　えっと、何年ってことは……ここ最近じゃないってことだよね？
「そ、そんなにずっと前から？」
　ドキドキしながら尋ねたら、かーくんはそっと腕をゆるめて私を見つめた。
「……うん。ずっと、お前だけ見てた」
　──どきん。
　かーくんのまっすぐな瞳に吸い込まれそうになる。
「これからもずっと、お前だけ見てるから。俺が一生、りぃを守る」
　その言葉があまりにもうれしくて、ちょっとだけ涙が出そうになった。
「わ、私もだよっ。ずっと、大好きだもん……」
　私だってずっと、かーくんだけが好き。
　かーくん以外いらないよ。
　そしたらその瞬間、私の頬に彼の大きな手が添えられて。
「……んっ」
　優しく唇をふさがれた。
　かーくんはそのまま、何度も甘いキスを繰り返す。
「んんっ……」
　愛しさが胸の奥からこみあげてきて、幸せな気持ちで

いっぱいになった。
　大好き。
　大好きだよ。かーくん……。
　だけどその時。
　——ガチャッ。
　突然、ノックもなく部屋のドアが開いて。
　私は驚きのあまり心臓が止まりかけた。
　ウソッ！　誰？
　こんなタイミングで……。
　恐る恐る振り返ってみると、そこにはなんと、紫苑が驚いた顔で立っていて。
「し、紫苑！」
　かーくんはそれを見た瞬間、顔をまっ赤にしながらうろたえていた。
「……っ。なんだよいきなりっ」
「いやぁ、ちょっと梨々香様にお話が」
「ノックくらいしろよ。アホ」
「すみません、忘れてました。ハハ」
　ひゃーっ、どうしよう。すごく恥ずかしい。
　もしかして、キスしてるところを見られちゃったかな？
　思わず顔を両手で押さえる。
　すると、紫苑がいきなりニヤッとした顔で。
「あ、ちなみに今度から僕、新しく君たちの監視をするっていう仕事が加わったから」
「はぁっ!?」

「ええっ!!」
　な、何それっ……仕事なの?
「まあ、お目付役ってこと。だから、あんまりイチャつきすぎないようにね。あくまで健全なお付き合いにしてね」
　そう言って笑う紫苑の顔は、なんだか楽しそうで。
　やっぱり今キスしてるのを見られたんだって確信したら、恥ずかしくてどこかに隠れたくなった。
　もしかして今、ノックしないで入ってきたのも、わざとなのかな?
　いや、たまたまだよね。
　う〜ん……。
　でも、パパが言う健全な交際というのは、すなわち一線を越えるなって意味らしいから。
　べつに、いけないことはしてないよね?
　なんて、まだまだ課題はありそうだけど……。
　まぁ、幸せだからいっか。

　　　　　　　　＊

　かーくんと私。
　私たちは幼なじみ。
　子どもの頃からずっと一緒だった。
　そして、これからもずっと一緒。
　これはきっと、運命だと思うの。
　大好きな彼と、大好きなみんなに囲まれて。

これからもずっとずっと、こんな毎日が続いていきますように。
　いつまでも、かーくんの隣で笑っていられますように。
　あなたのそばにいることが、私の何よりの幸せだから……。


　　　　　　　　　　　　　　　　　　　　　　【fin.】

# 文庫限定特別番外編

## 大好きだから、もっと

　かーくんと恋人同士になって、約2週間が経った。
　かーくんが、"幼なじみ"から"彼氏"という存在になったこと。
　最近ようやくその実感が湧いてきたかなという、今日この頃。
　幸せいっぱいの毎日だけど、そんな私にも、ちょっとした悩みがある。
「わぁ〜っ、今日もいい天気だね」
「っていうか、暑いな」
　私たちは今日も、朝から仲良く手をつないで登校中。
　夏本番が近づいて、日差しも日ごとに強くなってきて、外を歩いていると、とても暑い。
　それでも、こうしてかーくんと毎日手をつないで並んで歩けるのは、いかにも恋人っぽくて、すごくうれしい。
「ほんと暑いよねー。なんか暑すぎて、手まで汗ばんできちゃう」
　歩きながら何気なく、そんなことをつぶやく私。
　すると、かーくんが涼しい顔をしてつっこんできた。
「じゃあ、手つなぐのやめとく？」
　そう言って、握っていた手を離そうとする彼。
「えっ！　そ、それはダメッ！」
　私はすかさず彼の手をぎゅっと握って阻止する。

そんな私を見て、クスッと笑うかーくん。
「ぷっ、冗談だよ。俺がりぃの手離すわけねぇだろ」
　イタズラっぽい笑顔にドキッとする。
　彼は相変わらず、ちょっとイジワルなところもあるけど、すごく優しい。
　恋人同士になってからは、今まで以上に私のことを大事にしてくれていると思う。
　ふたりで他愛ない話をしながら、学校まで向かう。
　学校までの道は、紫苑もついて来ないし、とくに知り合いに会うこともないから、人目を気にせず恋人らしくしていられる。
　パパの言いつけもあって、卒業までは私たち、こっそり付き合うことになってるからね。
　表向きは、あくまで令嬢と執事なわけだし。
　だからこの関係は、あまりオープンにはできなくて、もちろん学校のみんなにも内緒(ないしょ)なんだ。
　そんななかでお付き合いするっていうのはなかなか難しくて、いろいろと気を遣うし、大変だったりする。
「そろそろだな」
　青蘭学園の校舎が見えてきたところで、かーくんがボソッと小声でつぶやく。
　そして、いったん立ち止まると、つないでいた手をそっと離した。
「えーっ、ここで終わり？」
　思わず尋ねたら、かーくんは真顔(まがお)で答える。

「うん。だって、見られたらまずいだろ」
「うぅっ」
　たしかにそれはそのとおりなんだけど……なんだかちょっと寂しい気持ちになる。
　この、限られた時間しか恋人らしくしていられないのが、いつも切なくて。
　本当は、24時間いつだって、ラブラブしていたいのになぁ。
「……はぁーい」
　私がしょぼんとした声でうなずいたら、かーくんが片手を私の頬にそっと添えて、困ったように笑う。
「なんだよ、その顔」
「だって……私まだ、かーくんと離れたくない」
　かーくんのベストを右手でキュッとつかみ、ちょっとだけワガママを言う私。
　そしたらその瞬間、かーくんが大きく目を見開き、顔を少し赤く染めた。
「……っ、バカ。そんなの俺だって……」
「えっ？」
　だけど彼は、何か言いかけて、途中で黙る。
　そしてすぐに表情を変えると、一転、執事モードに切り替わった。
「ダメです。ほら、早くしないと遅刻しますよ。参りましょう」
「えーっ」

なにそれ、ずるい。
　こういう時だけすぐに執事の仮面をかぶっちゃうんだから。
　そのままスタスタと校門へと向かうかーくんを追って、渋々自分も歩きだす。
　かーくんはほんと、真面目なんだよなぁ。決まり事や言いつけにも忠実だし。
　そこが彼のいいところでもあるんだろうけど、それもちょっと寂しいっていうか。
　せっかく付き合えるようになったんだから、もっとふたりの世界にひたっていたいって、そう思ったりしないのかなぁ……。

「で、その後、神楽くんとはどうなのよ？」
　休み時間、教室でレミとおしゃべりしていたら、さっそくその話題になった。
　レミは学校では、紫苑以外で唯一私とかーくんの関係を知っている存在だ。
　私とかーくんが無事付き合うことになった時は、レミもすごく喜んでくれたし、その後も私たちの交際に興味津々の様子。
　だから、毎日こんなふうにかーくんとのことを聞いてくる。
「うーん、幸せだよ。でも私としては、かーくんともっとイチャイチャしたいっていうか……」

そう。幸せだけど、それなりに悩みがあるんだ。
「何、神楽くん、全然イチャイチャしてくれないの？」
「そ、そういうわけじゃないけどっ……。なんか、学校でも家でも、常に人の目を気にしなくちゃいけないから、自由にできないんだもん」
　私がそう言うと、なるほどといった表情でうなずくレミ。
「そっかー。まぁ、たしかに学校じゃオープンにはできないもんね。執事と付き合ってるだなんて。それに、家は家で紫苑くんに見張られてるんだっけ？」
「そうなの」
　レミの言うとおり、学校では付き合ってることを隠さなきゃいけなくて、そのうえ家の中ではお目付け役である紫苑がいるから、あからさまにベタベタすることができない。
　なにせパパが、「健全な交際を！」ってうるさいからね。
　まったくパパったら、心配しすぎなんだってば。
　私とかーくんがそんな不健全なことするわけないのに。
「なるほど。それは大変だね〜。まぁ、私はあのパパが交際を許してくれたってだけでもすごいことだと思うけど、せっかく付き合ってるんだったらイチャイチャはしたいわよねぇ」
「でしょっ？」
　私が力強い口調で返すと、レミがうんうんとうなずく。
「こうなったらもう、がんばってふたりきりの時間をなるべく作るしかないね」
「ふたりきりの時間、かぁ。それがなかなか……」

「だって、夜お風呂上がりとか、ちょっとくらい部屋でふたりきりになれたりしない？　私だってカイとふたりで話すわよ。まぁ、私の場合はほぼ説教だけど」
　それを聞いて思わず、レミに怒られているカイくんの姿が目に浮かんで、ちょっとだけぷっと笑いそうになる。
「うん。夜ならピアノのレッスンとかもないから、わりと時間があるけど」
「それじゃあ、その時がチャンスだよ。遠慮せずにいっぱい甘えちゃえ！」
　そう言われて、今日こそはかーくんをつかまえて、いっぱい甘えてみようかな、なんて思う。
　いつも何かと邪魔が入って、ふたりきりの時間がすぐに終わっちゃうからなぁ。
　その時ふと、教室の端に目をやると、うちのクラスの名物カップルと呼ばれているふたりが、仲良く話している姿が目に入った。
　ふたりとも見つめ合って、さりげなく手の指を絡めあったりして、本当に幸せそう。
「きゃはっ。やだぁ〜トシくんたらぁ」
「ルナがかわいすぎるんだよ」
　みんなにはバカップル扱いされているふたりだけど、私はそんな彼らがいつも、ちょっぴりうらやましい。
　だって、人目を気にせずいつでもラブラブ全開でいられるんだもん。いいなぁ。
　私だってもっと、かーくんとラブラブになりたい。せっ

かく恋人同士になったんだから。
　かーくんは、どう思ってるのかなぁ……。


　その夜。お風呂から上がった私は、ワンピース型のナイトウェアに着替えたあと、洗面台の前で濡れた髪をふき、せっせとヘアトリートメントを塗り込んでいた。
　長い髪のお手入れは、毎日大変。ドライヤーだってものすごく時間がかかる。
　だけど、自分でも今のヘアスタイルはすごく気に入っているし、髪は長いほうが好きなので、しばらく切る予定はない。
　そういえば、ママが先日新製品の高級ドライヤーを新しく買ったって言ってたな。
　今日はそれを貸してもらおうかな。
　ガチャッとドレッシングルームのドアを開け、廊下に出る。
　すると、偶然にもそこでバッタリ執事服姿のかーくんと会った。
「あっ、かーくん！」
　家の中でも、その姿を見るたびにうれしくなる。
「りぃ」
　かーくんも私を見るなり声をかけてくる。
「今、風呂上がったの？」
「うん、そうだよ。今日はね、ラベンダーのバスソルトを入れてみたんだ。ほらっ、いい匂いするでしょ？」

私がニコニコしながら尋ねると、かーくんは少し困ったような顔をしながら、そっと私の首もとに顔を近づけ、匂いをかぐ。
「……うん、する。っていうかお前、なんだよそのカッコ」
　言われて自分の姿を見てみる。
　でもべつに、何も変な格好をしているつもりはない。
「え、何って……。このナイトウェア、かわいいでしょ？ ちょっとドレスみたいで。気に入ってるんだ」
「……いいけど、ちょっと肌出しすぎ」
　かーくんは私の姿をまじまじと見つめながら、また困ったような顔をする。
「えーっ、そうかな〜。でも、最近は夜暑いからこのくらいがちょうどいいんだよ。あ、もしかしてかーくん、ドキドキしちゃった？」
　イタズラっぽく尋ねると、その瞬間かーくんの顔がポッと赤くなる。
「……なっ」
　その照れたような反応がうれしくて、思わず彼にギュッと抱きつく私。
「ふふふっ。かーくん大好き」
「おいっ、ちょっと。こんな場所でなにしてんだよ。それより、早く髪乾かさないと風邪ひくぞ」
　かーくんはそんなふうに言うけれど、私はあふれだした好きが止まらなくて。
　そのまま彼の胸にピタッと顔をうずめた。

「やだ。離れたくないよ」

　無言のまま固まるかーくん。

　だけど数秒後、

「……バカ」

　ボソッと一言つぶやくと、彼もまたそっと私の背中に腕をまわし、抱きしめ返してくれた。

　かーくんの体温に包まれて、お風呂上がりの体がますますポカポカしてくる。

　幸せだなぁ……。

「おや、お取り込み中ですか？」

　するとそこで、すぐうしろから別の誰かの声がして。

　ハッとして我に返る。

　あわてて離れる私たち。

　ドキドキしながら振り返ったら、そこには手にドライヤーを持って、少しニヤついた顔をしながらこちらを見ている紫苑の姿があった。

「わっ、紫苑！」

　まずい。抱きあってるところ見られちゃったよ。

　紫苑って、ほんとにいつもタイミングよく現れるんだから。

「仲がよさそうで何よりです。しかし梨々香様、そんなかわいい格好で神楽に抱きついたら危険ですよ。男なんて、いつオオカミになるかわかりませんからねぇ」

　クスクス笑いながら語る紫苑の言葉に、かーくんが顔を引きつらせる。

「てめぇ……」
「え、オオカミ？」
　だけどイマイチその意味が理解できずに、ポカンとする私。
　すると、紫苑が手に持ったドライヤーをこちらに見せてきた。
「あ、そうそう。こちら、新しいドライヤーなのですが、とても性能がいいみたいなので、奥様が試しに使ってみてくれと」
　なんとそれ、ママが言っていた新製品のドライヤーだったみたい。
「わぁ、どうもありがとう！　ちょうど私も今、使いたいなって思っていたところなの」
「それはよかったです。毎日長い髪のお手入れ、大変ですね。なんなら今日は私が乾かしてさしあげましょうか？」
　紫苑の手が、私の濡れた髪に触れる。
　笑顔で彼を見上げる私。
「え、ほんと？　じゃあ、お願いしようかな」
　自分で乾かすと、すっごく時間かかるんだよね。
　時々メイドさんにお願いしたりもしてるけど、今日はもう帰っちゃったみたいだし。
　すると、そんな私と紫苑の間に突然、かーくんが割り込んできて。
「……ダメ。貸せよ、俺がやる」
　そう言うと、紫苑の手からドライヤーを取りあげた。

「えっ、かーくん」
　そして、ムッとした顔で紫苑のほうを見る。
「お前はよけいなことしなくていいんだよ。りぃ、こっち来い」
　そのまま私の肩に手を置くと、強引にその場から連れ去っていった。
　かーくんに肩を抱かれながら、ドキドキしてしまう私。
　かーくんたら、「俺がやる」だなんて。
　今の、まるでヤキモチみたい。
　かーくんは、紫苑と私が話してると、すぐヤキモチを焼くんだよね。
　でもちょっとうれしい。なんか、かーくんの独占欲が刺激されてるみたいで。
　私のこと、「俺のもの」みたいに思ってくれてるのかなぁ。


　——ブーン。
　部屋中にドライヤーの音が響く。
　あのあと、かーくんに連れられて自分の部屋に戻った私は、ベッドの上に座ってかーくんに髪を乾かしてもらっていた。
　かーくんの手が髪に優しく触れて、少しくすぐったい。
　なんだかとても幸せな気分。
　ふと、かーくんに話しかけてみる。
「かーくんに髪乾かしてもらうの、久しぶりだね」
「そうだっけ」

「うん。時間かかるから、大変でしょ」
　私がそう言うと、かーくんはうなずく。
「あぁ。昔よりだいぶ伸びたしな。これ毎日やるのはけっこうめんどくせーな」
「でしょ？　それなのに、どうしてかーくんはさっき、俺がやるなんて言ったの？」
　なんて、わざとらしくそんなことを聞いてしまう私。
　そしたらかーくんは、一瞬黙って。
「どうしてって、そんなの……」
　それからちょうど髪を乾かし終わったのか、ドライヤーの電源を切った。
　かーくんの手がうしろから伸びてきて、背中からギュッと抱きしめられる。
　──ドキン。
「あいつにお前のこと触られたくないからに決まってんだろ」
「えっ……」
　かーくんの体温に包まれて、たちまち鼓動が早くなる。
「りぃに触っていいのは、俺だけなんだよ」
　めずらしく素直に独占欲をあらわにされたので、なんだかやけにドキドキしてしまった。
　かーくんたら、そんなふうに思ってくれてたんだ。うれしい。
「そういうカッコだって、ほかの奴には見せたくねぇし」
　かーくんがそう言って、そっと腕を離し、私の姿をじっ

と見る。
　振り返って、座ったまま彼と向かい合う私。
「かーくん……」
「あんま、妬かせんなよ」
　かーくんの手が、そっと私の頬に触れる。
　じっと見つめられて、ますますドキドキが加速していく。
　そのままかーくんの顔がゆっくりと近づいてきて、そっと唇が重なった。
　あぁ、大好き……。
　優しい唇の感触から、彼の気持ちが伝わってくるようで、幸せな気分でいっぱいになる。
　唇が離れると、互いに目が合って。それからまたその視線に吸い込まれるように、何度もキスを交わした。
「……んっ」
　甘い甘い、ふたりだけの時間。
　ずっとずっと、こうしたかったの。
　かーくんに触れていたかったんだよ。
「かーくん、大好き」
　そう言ってかーくんに抱きつくと、彼もまたぎゅっと抱きしめ返してくれる。
「俺も好きだよ」
　耳もとで優しくそう告げられて、もうこのままずっと離れたくないなんて思ってしまった。
　ずっとずっと、私、かーくんの腕の中にいたいよ……。
　するとそんな時、

——プルルル。
　いいムードをぶち壊すように、電話の着信音が鳴った。
　この音はたぶん、私のではなく、かーくんのスマホの音だ。
　かーくんはそれに気づいた瞬間パッと私から離れて、すぐにスマホを確認する。
　そして画面を見た瞬間、すぐ電話に出た
「はい、もしもし……」
　こういう時の彼の反応は、とても早い。
　執事たちは、いつどんな呼び出しがあるかわからないし、さすがかーくんは優秀なだけある。
　でも、私的にはちょっと寂しい。
　そんなにすぐ執事モードに切り替わらなくてもいいのになぁ。
　かーくんは、電話の相手と敬語で話している。
　その様子から、相手はパパなんじゃないかって、嫌な予感がする。
「かしこまりました。ただいま向かいます」
　そして、そんなふうに言いながら電話を切ったので、私はすかさず問いかけた。
「えっ、かーくんどこ行くの？」
「あぁ、ちょっと兼仁おじさんに呼ばれた。仕事の手伝いを頼まれたから、俺行かないと」
「えぇっ、パパに？」
　やだ。やっぱり……。

実は最近かーくんは、パパの会社の仕事を少し手伝うようになって、夜たまにこうやってパパに呼び出されてる。
　将来、西園寺グループで働けるようになるために、今からいろいろと勉強させるってパパは言ってたけど、おかげでますますふたりの時間が少なくなっている。
　かーくん本人は、すごくはりきってるみたいだけどね。
「悪いけど、またな」
「ちょ、ちょっと待って！　もう行っちゃうの？」
　引き止めるようにうしろからぎゅっと抱きつく私。
　さすがにこのタイミングですぐいなくなっちゃうなんて、寂しいよ。
「やだよっ、かーくん。もうちょっとだけ一緒にいてよ」
「りぃ……」
「いかないで」
　ワガママだってわかってたけど、言わずにいられなくて。
　だけどかーくんは、そんな私の手を自分の体からそっと外すと、申し訳なさそうに告げてきた。
「いや、でも……兼仁おじさんの言うことを無視するわけにいかないから。忙しいなかで俺のために時間を取ってくれてるし」
　その瞬間、シュンとして下を向いた私の頭に、かーくんがポンと手を乗せる。
「ごめんな。おやすみ、りぃ」
　そしてそのまま彼は、ドアを開け、私の部屋から出ていった。

──バタン。
　行っちゃった……。
　仕方ないってわかってるけど、寂しくてたまらない。
　そんなあっさりいなくなっちゃうなんて。
　かーくんは、私と一緒にいたい気持ちより、パパの命令のほうが優先なのかな。なんて、そんなこと考えちゃう。
　そりゃ執事なんだから、パパの命令を無視したらいけないだろうけどさ。
　それでも、もうちょっとだけでも一緒にいたかった。
　かーくんにも、そう思ってほしかったのに。
「俺も一緒にいたい」くらい言ってほしかったのに。
　なんだか私だけそう思ってるみたいで、寂しい。
　かーくんはもっと、私と一緒にいたいって思わないのかな？

　次の日の朝。
「はぁ……」
　私が頬づえをつきながら悩ましげな顔をしていたところ、レミが声をかけてきた。
「どうしたの？　ため息なんかついて」
「うーん、それがさぁ……。かーくんがなんか、そっけなくて」
「えぇっ！　そっけない？　ウソでしょ？」
「そっけないっていうか、あんまりイチャイチャしてくれないっていうか……」

しょんぼりとそう告げたら、レミが苦笑する。
「あら、またそれ？」
「私ばっかりかーくんと一緒にいたいと思ってるみたいで、なんか寂しい。せっかく恋人同士になれたのに」
「何、またなんかあったの？」
　レミに聞かれてまた昨日のことを思い出す。
「うん……。昨日だって、せっかくいいムードだったのに、パパから呼び出されたらさっさと行っちゃうし」
　名残惜しいと思ってたのは私だけみたいだったし。
「かーくんは、べつにそこまで私とイチャイチャしたくないのかな？」
　私がそう言うと、レミがすかさず否定する。
「いや、そんなことないでしょ。神楽くんだって男なんだから。普通は男のほうがイチャイチャしたいものなんじゃないのー？」
　だけど私はその言葉を聞いて、ますます不安になってきた。
　ということは、私に問題があるのかな。
「うぅっ……。じゃあ何、私に魅力がないってこと？　色気が足りないのかな……」
「いやぁ、そんなことはないと思うけどねぇ。梨々香は十分魅力的よ、大丈夫。ただ恥ずかしがってるだけなんじゃないの？」
「そうなのかなぁ」
　ほんとに私、魅力あるのかな。

「そうよ。神楽くんって、もとからなんかツンデレっぽいところあるじゃない。だったらもう、梨々香から誘惑するしかないよ」

　レミから思いがけないことを言われて、ギョッとして目を見開く私。

「……ゆ、誘惑？」

「うん。もっと色気たっぷりにね。こうなったら、色仕掛け作戦よ！」

「えぇっ！」

　色仕掛け……。

　その言葉にちょっと不安を覚えたけれど、確かに自分には色気がちょっと足りないような気もする。

　そんなこと意識するだなんて、考えたこともなかった。

「よし、放課後さっそくキュートでセクシーなウェアを買いにいくわよ～！」

　そして、そんなレミの誘いで、私は本当に放課後、新しいナイトウェアを買いにいくことになった。

　かーくん、ドキッとしてくれるといいんだけどな……。

「どうかな、似合うかな……」

　夜、自分の部屋で、鏡に映った姿を何度も確認する。

　お風呂上がり、身につけたのは、フリフリの白のレースの肩ひもがついたシフォン素材のチュニックと、フリフリのレースで縁取りされたショートパンツがセットになった、かわいいナイトウェアだ。

メルヘンチックでキュートなデザインは、レミのいち押し。
　今までになく露出度が高いから、正直なところちょっと恥ずかしかったんだけど、「これくらい攻めていかないとダメ！」ってレミが言うから。
　かーくん、これ見たらなんて言うかなぁ。
　——コンコン。
　するとその時、部屋のドアをノックする音がして。
「はーい、どうぞ」
　私が返事をしたら、執事服姿の男子がひとり、部屋に入ってきた。
「失礼いたします」
「あ、かーくん！」
　実はついさっき、スマホでかーくんのことを呼び出したんだ。
　このナイトウェア姿を見せたくて。
　すると部屋に入るなり、ギョッとした顔でこちらを見つめるかーくん。
「……っ。お前、どうしたんだよそれ。また新しいナイトウェア買ったの？」
　さっそく私が新しいのを身につけてるって気がついたみたい。
　少し照れながら答える私。
「えへへ、うん。実はこれ、今日レミと買い物に行って、一緒に買ったんだ。変かな？」

そしたらかーくんは、視線を泳がせながら。
「いや、変じゃねぇけど……さすがにそれはまずいだろ」
　なぜだかやけに動揺しているような感じだ。
「まずいって、何が？」
　私が問いかけると、コホンと咳払い(せきばら)をひとつするかーくん。
「と、とにかく、そのカッコで一歩も外出るなよ。絶対紫苑とかに見せんなよ」
「え？　なんで？」
　なんだろう。そんなに奇抜(きばつ)だったかな、これ。
「なんでもいいから、ダメなもんはダメなんだよ」
　そう口にするかーくんの顔は、少し赤いようにも見える。
　ということは、もしかしてこの反応は……昨日言ってたのと同じ理由なのかな。
　ほかの奴に見せたくないって。
　そうだとしたら、ちょっとうれしいな。
　ベッドに腰掛け、かーくんを手招きをしたら、かーくんも私の隣に腰掛ける。
「ところで、なんか用だった？」
　そう聞かれて、ニコニコしながら答える私。
「ううん、別に用はないけど、ただ、かーくんに会いたかったから」
　そしたらかーくんの顔がまた少しポッと赤くなった。
「……そっか」
「あ、今日はね、カモミールのバスソルトにしてみたのっ。

どう？ いい匂いする？」
　いつものようにかーくんに尋ねると、彼は少しとまどった顔をしながらも、顔を近づけてくる。
「……たしかに、昨日と違う気がする」
「ふふふ、よかった〜。日替わりで香りを選んでるんだよ。毎日それが楽しみなんだ〜」
　ご機嫌な私を見て、かーくんがクスッと笑う。
「ふっ。なんかお前って、ほんとのん気だよな」
「え、そう？」
　のん気って、たしかによく言われるけど。
「うん。無自覚すぎて、こっちが大変なんだけど」
「……え？」
　無自覚？
　かーくんの言葉の意味が今ひとつ理解できなくて、ポカンとする私。
「あ、おい」
　するとそこで、かーくんが突然手を伸ばして、私の肩に触れた。
「ん？」
「肩ひも、落ちてるぞ」
　そう言って、肩ひもを直してくれる彼。
「あ、ありがとう」
　かーくんの手が肌に触れて、ドキッとする。
　ねぇ、私はかーくんに触れられただけで、こんなにドキドキしてるのに、かーくんはどう思ってるのかな？

気合い入れて新しいウェアを着てみたけど、かわいいって思ってくれたかな？　ちゃんとドキドキさせられてるのな？
『梨々香から誘惑するしかないわよ』
　ふと、レミの言葉が頭に浮かぶ。
　そうだ。そういえば私、かーくんのこと誘惑するんだった。
　でも、どうやって……？
　レミに聞いたら、とにかく上目遣いがポイントだとか、いつもよりかわいい声で甘えるのよとか、いろいろアドバイスしてくれたけど、なんかイマイチよくわからない。
　そもそも私、まともな恋愛経験がないからなぁ。
　だって、かーくんが初めての彼氏なわけだし、恋人になったからって何をしたらいいのかもよくわかってないし。
　とりあえず、なんかかーくんをドキドキさせられるようなこと……そうだ。
　そこで思いついた私は、かーくんの腕をギュッとつかんだ。
「ねぇ、かーくん」
　それに反応して、こちらに顔を向けるかーくん。
「ん？」
　いざとなると、すごく恥ずかしい。緊張する。
　だけど、今日こそは、いつもより積極的に……。
　かーくんの顔を見上げ、じっと彼の目を見つめる。
　そして、もう片方の手を彼の肩に添え、思いきって自分

からキスをしてみた。
　——チュッ。
　口づけて、そっと離れる。
　わあぁ、キスしちゃった……。
　自分からキスなんて、今までほとんどしたことがないから、めちゃくちゃ恥ずかしい。
　そしたら、かーくんは驚いたのか、一瞬目を見開いたまま固まってしまい、それからすぐ顔をまっ赤にしてうろたえはじめた。
「……なっ！　なんだよ。どうした、いきなり……」
「だって、好きなんだもん」
　そう、好きなの。
　だからもっと、かーくんに近づきたくて。
　ドキドキしてほしいの。
　そのままギュッと彼に抱きついて、胸に顔をうずめる。
「かーくん、好き……。ぎゅってして」
　甘えるようにそうつぶやいたら、かーくんはそっと抱きしめ返してくれた。
「りぃ……」
「私ね、ほんとはもっと一緒にいたいし、もっとかーくんとくっついていたい」
　正直に口にしたら、どんどん気持ちがあふれ出してくる。
「だから今日は、ずっと一緒にいてよ……」
　かーくんの背にまわした手に、グッと力を込める。
　ねぇ、お願いだから、今日はどこにも行かないで。

かーくんと離れたくないよ。
　かーくんはなぜか無言のままじっとしている。
　そのままシーンと静まり返る部屋。
　すると、しばらくしてかーくんがボソッと口を開いた。
「おい、りぃ。あのさ……」
「ん？」
「そろそろ、離れてくんない？」
「えっ」
　思いがけない一言に、心臓がドクンと音を立てる。
　かーくん、今、離れてって言った……？
　どうしてそんなこと言うの。
　顔を上げ、かーくんに問いかける。
「なんで……？」
　そしたらかーくんは、目をそらし、気まずそうな顔をしながら答えた。
「それ以上こうしてたら、俺の気が変になるから」
「……なっ、何それ！」
　気が変になる？　どういう意味？
　それじゃあまるで……。
「かーくんは、私にくっつかれるの、嫌なの？」
「いや、そういう意味じゃねぇよ」
「じゃあ、なんで？　ひどいよっ。せっかくかーくんにかわいいって言ってもらいたくて、このウェアも買ったのに……っ」
「えっ？」

なんだか悲しくなって、じわじわと目に涙がにじんでくる。
　それと同時に、腹が立ってきた。
　結局一緒にいたいとか、離れたくないとか、そんなこと思ってたのは私だけなのかな。
　せっかく、ふたりきりになれてうれしかったのに。
　かーくんは、何を考えてるのかな。私のこと、好きだって思ってくれてるんじゃないのかな？
「やっぱり、かーくんは私とイチャイチャしたくないんだ！ 一緒にいたいって思ってるのも私だけなんだ！　なんで私ばっかり……っ」
「おい、りぃっ」
「もういい！　かーくんのバーカ！」
　泣きながら大声で言いはなつ。
　もう、かーくんなんて知らない。
　かーくんの気持ちがわからないよ。
「待てよっ」
　立ち上がろうとする私の腕を、かーくんがつかむ。
　それに抵抗しようとする私。
「やだっ」
　すると、次の瞬間腕を強く引っ張られて、そのままドサッとベッドの上に押し倒された。
「……っ、そんなわけねぇだろ」
　——どきん。
　おおいかぶさるようにして私を見下ろす、真剣な目つき

のかーくんと目が合う。
　え、ウソ。どうしよう……。
　突然のことで、何が何だかわからない。
　ちょっと待って。この体勢はいったい。
　一気に心拍数が上がって、体中が熱くなってくる。
「俺だって、必死で我慢してんだよ」
「えっ……」
　我慢？
「それなのにお前が、あんまりあおるから……。そろそろもう限界なんだけど」
　かーくんの片手が、私の頬にそっと触れる。
　熱っぽい瞳で見つめられたら、ますますドキドキして、身動きが取れなくて。
「そんなに言うなら、遠慮しないから」
　その言葉に再びドキッとしたのもつかの間、かーくんの顔が近づいてきて、たちまち唇をふさがれた。
「んっ……」
　いつもより少し強引なキスに、思わず声がもれる。
　そのまま何度も甘いキスを繰り返すかーくん。
　彼の唇が触れるたびに、鼓動がどんどん早くなって、頭がクラクラしてくる。
　そしていつの間にか、だんだんとそのキスが深くなっていって。
「んんっ……」
　しまいには、息のしかたもわからなくなってきた。

ど、どうしよう。なんか……こんなの初めて。
かーくんが、いつものかーくんじゃないみたい。
このままじゃ、ドキドキしすぎて心臓が壊れちゃいそう。
そう思った私は、唇が離れた隙にとっさに彼の腕をギュッとつかんで、震える声でつぶやいた。
「か、かーくんっ、待って……」
その瞬間、ハッとした様子で、私から離れるかーくん。
心臓をドキドキいわせながらかーくんを見上げると、彼はすぐに申し訳なさそうな顔をして謝ってくる。
「……っ、ごめん」
そしてかーくんはそのまま体を起こすと、私の横に座り、自分の顔を両手で押さえ、深くため息をついた。
「……はぁ。ダメだな、俺」
「えっ」
その様子に驚く私。
「りぃのこと、大事にしたいって思ってんのに、結局泣かせてるし。今だって、自分のことコントロールできなくて」
「かーくん……」
そんな彼の姿を見て、なんだか胸が苦しくなる。
どうしよう、私。
自分からイチャイチャしたいとか言ったくせに、結局かーくんに押し倒されたらテンパッちゃって。
今のはもしかしたら、嫌がって拒否したみたいに思われてしまったかもしれない。
自分もゆっくりとその場に起き上がって、彼の目の前に

座る。
　そしたら彼は私の頭にポンと手を置くと、もう一度謝ってきた。
「ごめんな、りぃ」
「そんなっ、謝らなくていいよ。あの私、今のはちょっとビックリしたっていうか、ドキドキしすぎてどうしようって思っただけで、嫌だったわけじゃなくて……」
　あわてて弁解する私。
　そしたら私が言い終えないうちに、彼はギュッと両腕で抱きしめてきた。
「うん、わかってるよ。それにさっきのも、俺、くっつかれるのが嫌とか、そういう意味で言ったんじゃないからな」
「えっ？」
　さっきのって……。
「俺だって本当は、もっと一緒にいたいとか、もっとりぃに触れたいとか思ってるから」
　その言葉で、さっきまでの不安な気持ちがスーッとかき消されていく。
　そうなんだ。
　じゃあ、かーくんも、私と同じように思ってくれてたってこと？
　さらにかーくんは、ちょっと恥ずかしそうに口にする。
「でも、お前があんまりストレートっつーか、素直に甘えてくるから、理性を保つのが大変だったんだよ。しかも今日なんかまるで、人のこと誘惑するようなカッコしてるし」

「えっ！」
　……ウソ。そうだったの？
「だって俺、お前に絶対手出さないって約束したし。せっかく兼仁おじさんに認めてもらって恋人同士になれたのに、約束破ってりぃとの将来ダメにしたくなくて」
　真面目な顔で語るかーくん。
「だから、なるべくりぃに触れたくても、我慢してた。今みたいに止めらんなくなったら困るし」
　それを聞いて、ようやく謎が解けたかのように、今までのことを納得する私。
　そっか。だから、かーくんはいつもどこかあっさりしてるように見えたのかな。
　イチャイチャしてくれないなんて思ってたけど、かーくんはかーくんで、いろいろ考えてくれてたんだ。
　それなのに、私ったらバカみたいにひとりでいじけてて、なんだか急に申し訳なくなる。
　すると、かーくんがゆっくりと腕を離し、私の顔を見下ろして。
「それに俺は、今こうしてりぃと毎日一緒にいられるだけでも、十分幸せだから」
「かーくん……」
「いまだに夢みたいだって思ってるし」
　そんなこと言われたら、なんだかうれしくて目が潤んでしまいそうになる。
　そうだ。私だって本当は、今こうして毎日かーくんと一

緒にいられるだけで、十分幸せなんだ。
　それなのに、いつのまにかすごく欲ばりになってた。
「……そっか。そうだったんだね。ごめんね、私ったら、勝手に勘違いして寂しくなって、すねちゃって」
　思わずさっきのことを謝る私。
　そしたらかーくんもまた謝ってきた。
「いや、俺のほうこそ、ごめん。りぃの気持ち気づいてやれなくて」
「ううん、そんなことないよ」
「でも俺、いつかお前の結婚相手として認めてもらえるように、本気でがんばるから」
「えっ……」
「絶対、りぃにふさわしい男になってみせる」
　キッパリと宣言するように言われて、なんだか胸が熱くなる。
　かーくんは、私との将来まで、ちゃんと考えてくれてるんだね。うれしいな。
「ありがとう、かーくん。私もがんばるっ」
「だから、それまでずっと、俺のこと好きでいろよ」
　そう言って、かーくんが優しく微笑む。
「あ、当たり前だよっ。ずっと、大好きだもん。私には、かーくん以外ありえないよ」
　自信満々にそう告げたら、かーくんは私をじっと見つめながら言った。
「俺だって一生、お前以外いらねぇよ」

その言葉にまた、トクンと胸が高鳴る。
「かーくん……」
　なんだか涙が出てきちゃいそう。
「好きだよ。りぃ」
　かーくんの手のひらが、私の頬に触れる。
「私も、大好き」
　そのままふたり見つめ合って、どちらからともなくキスをした。
　再び胸の奥が、幸せな気持ちでいっぱいになる。
　かーくんはやっぱり、ちゃんと私のことを大切に思ってくれていた。
　私との未来まで考えてくれていた。
　そう思ったらうれしくてたまらなくて。
　今まで不安になってたことが、なんだかバカバカしく思えた。
　疑ったりして、ごめんね。
　まだはじまったばかりのこの恋。
　この先もっといろいろな困難があると思うけど、きっとかーくんとなら、どんなことがあっても乗り越えていける気がする。
　かーくんがそばにいてくれれば、何も怖くない。
　私たちは、これからもずっと一緒だから。
　いつまでもふたり、笑いあって生きていこうね。
　ふたりで一緒に幸せになろうね……。

【番外編 fin.】

## あとがき

こんにちは、青山そららです。このたびは『ふたりは幼なじみ。～クールな執事の甘い溺愛～』を手に取ってくださって、本当にありがとうございます！

この作品はピンクレーベルとしては5作目に当たるのですが、個人的にすごく気に入っている作品のひとつでして、こうして書籍にしていただくことができて本当にうれしいです！　これもすべて、いつも応援してくださる皆さまのおかげです。本当にありがとうございます！

今作は、私自身初の「幼なじみラブ」をテーマにした作品となりますが、いかがでしたでしょうか。

もとから私は、友達以上恋人未満のような関係を描くのがすごく好きなのですが、幼なじみという間柄を書くのは初めてだったので、ちょっぴり新鮮でした。

さらに、ふたりはお嬢様と執事で身分が違うという、本来は結ばれてはいけない関係なので、その設定を生かしたドラマチックな恋にしたいなと思ってがんばってみました。

子供の頃からずっと一緒にすごしてきたふたりの絆の強さが伝わっていたら、うれしいです。

ヒーローの神楽は、まさに好きな子に自分のすべてを捧げるような"最強の一途男子"をイメージして書きました。

表向きはクールでツンデレだけれど、梨々香への気持ち

を隠し切れない神楽の溺愛っぷりを書くのは本当に楽しくて、とくに神楽目線のストーリーはスラスラと書けた覚えがあります。
　また、お嬢様なのにあまりお嬢様っぽくない梨々香もすごく書きやすいキャラクターで、梨々香と神楽ふたりのやりとりは、最後まで楽しみながら書くことができました。
　甘いシーンや甘いセリフもたっぷり詰め込んだので、読者の皆さまに少しでもキュンキュンしてもらえたらうれしいです！
　そして、今回は、ほかにも友情や親子愛などもちりばめたので、それぞれのキャラの抱く想いに何か感じていただけることがあればいいなと思います。

　最後になりましたが、今回もかわいすぎるカバーや人物イラストを描いてくださった朝吹まり先生、デザイナー様、スターツ出版の皆さまをはじめ、この本に携わってくださったすべての方々に深く感謝申し上げます。
　そして最後まで読んでくださった皆さま、本当にありがとうございます。
　これからも、読者の皆さまに楽しんでもらえるような作品を書いていけるようがんばりますので、どうぞよろしくお願いいたします！

2019年2月　青山そらら

この物語はフィクションです。
実在の人物、団体等とは一切関係がありません。

青山そらら先生への
ファンレターのあて先

〒104-0031
東京都中央区京橋1-3-1
八重洲口大栄ビル7F

スターツ出版(株)書籍編集部 気付
青山そらら先生

## ふたりは幼なじみ。～クールな執事の甘い溺愛～

2019年2月25日　初版第1刷発行

| 著　者 | 青山そらら |
|---|---|
| | ©Sorara Aoyama 2019 |
| 発行人 | 松島滋 |
| デザイン | カバー　金子歩未（hive&co.,ltd.） |
| | フォーマット　黒門ビリー&フラミンゴスタジオ |
| DTP | 久保田祐子 |
| 編　集 | 長井泉 |
| 編集協力 | ミケハラ編集室 |
| 発行所 | スターツ出版株式会社 |
| | 〒104-0031　東京都中央区京橋1-3-1　八重洲口大栄ビル7F |
| | 出版マーケティンググループ　TEL03-6202-0386 |
| | （ご注文等に関するお問い合わせ） |
| | https://starts-pub.jp/ |
| 印刷所 | 共同印刷株式会社 |
| | Printed in Japan |

乱丁・落丁などの不良品はお取替えいたします。上記出版マーケティンググループまで
お問い合わせください。
本書を無断で複写することは、著作権法により禁じられています。
定価はカバーに記載されています。

ISBN 978-4-8137-0629-8 C0193

# 読むたび何度でも恋をする…全力恋宣言！
# 毎月25日はケータイ小説文庫の日♥

心に沁みるピュアラブやキラキラの青春小説、
「野いちご」ならではの胸キュン小説など、注目作が続々登場！

## ケータイ小説文庫　2019年2月発売

### 『ふたりは幼なじみ。』青山そらら・著

梨々香は名門・西園寺家の一人娘。同い年で専属執事の神楽は、小さい時からいつも一緒にいて必ず梨々香を守ってくれる頼れる存在だ。お嬢様と執事の関係だけど、「りぃ」「かーくん」って呼び合う仲のいい幼なじみ。ある日、梨々香にお見合いの話がくるけど…。ピュアで一途な幼なじみラブ！

ISBN978-4-8137-0629-8
定価：本体590円+税　　　　　　　　　**ピンクレーベル**

### 『新装版　特等席はアナタの隣。』香乃子・著

学校一のモテ男・黒崎と純情少女モカは、放課後の図書室で親密になり付き合うことになる。他の女子には無愛想な和泉だけど、モカには「お前の全部が欲しい」と宣言したり、学校で甘いキスをしたり、愛情表現たっぷり。モカ一筋で毎日甘い言葉を囁く和泉に、モカの心臓は鳴りやまなくて…!?

ISBN978-4-8137-0628-1
定価：本体640円+税　　　　　　　　　**ピンクレーベル**

### 『月がキレイな夜に、きみの一番星になりたい。』涙鳴・著

蕾は無痛症を患い、心配性な親から行動を制限されていた。もっと高校生らしく遊びたい——そんな自由への憧れは誰にも言えないでいた蕾。ある晩、バルコニーに傷だらけの男子・夜斗が現れる。暴走族のメンバーだと言う彼は「お前の願いを叶えたい」と、蕾を外の世界に連れ出してくれて…？

ISBN978-4-8137-0630-4
定価：本体540円+税　　　　　　　　　**ブルーレーベル**

# ケータイ小説文庫　好評の既刊

### 『俺が絶対、好きって言わせてみせるから。』青山そらら・著

お嬢様の桃果の婚約者は学園の王子様・翼。だけど普通の恋愛に憧れる桃果は、親が決めた婚約に猛反発！　優しくて、積極的で、しかもとことん甘い翼に次第に惹かれていくものの、意地っぱりな桃果は自分の気持ちに気づかないふりをしていた。そんなある日、超絶美人な転校生がやってきて…。

ISBN978-4-8137-0387-7
定価：本体570円+税
　　　　　　　　　　　　　　　　　　　ピンクレーベル

### 『俺の言うこと聞けよ。』青山そらら・著

亜里沙はパン屋のひとり娘。ある日、人気レストランのベーカリー担当として、住み込み修業してくるよう告げられる。そのお店、なんと学年一モテる琉衣の家だった！　意地悪で俺様な琉衣にお弁当を作らせられたり、朝起こせと命じられたり。でも、一緒に過ごすうちに、意外な一面を知って…？

ISBN978-4-8137-0224-5
定価：本体590円+税
　　　　　　　　　　　　　　　　　　　ピンクレーベル

### 『お前しか見えてないから。』青山そらら・著

高1の鈴菜は口下手で人見知り。見た目そっくりな双子の花鈴とは正反対の性格だ。人気者の花鈴にまちがえられることも多いけど、クールなイケメン・夏希だけは、いつも鈴菜をみつけてくれる。しかも女子に無愛想な夏希が鈴菜にだけは優しくて、ちょっと甘くて、ドキドキする言葉をくれて…!？

ISBN978-4-8137-0185-9
定価：本体590円+税
　　　　　　　　　　　　　　　　　　　ピンクレーベル

### 『いいかげん俺を好きになれよ』青山そらら・著

高2の美優の日課はイケメンな先輩の観察。仲の良い男友達の歩斗には、そのミーハーぶりを呆れられるほど。そろそろ彼氏が欲しいなと思っていた矢先、歩斗の先輩と急接近！　だけど、浮かれる美優に歩斗はなぜか冷たくて…。野いちごグランプリ2016ピンクレーベル賞受賞の超絶胸キュン作品！

ISBN978-4-8137-0137-8
定価：本体580円+税
　　　　　　　　　　　　　　　　　　　ピンクレーベル

# ケータイ小説文庫　好評の既刊

### 『今すぐぎゅっと、だきしめて。』Mai・著

中学最後の夏休み前夜、目を覚ますとそこには…なんと、超イケメンのユーレイが‼ ヒロと名乗る彼に突然キスされ、彼の死の謎を解く契約を結んでしまったユイ。最初はうんざりしながらも、一緒に過ごすうちに意外な優しさをみせるヒロにキュンとして…。ユーレイと人間、そんなふたりの恋の結末は⁉

ISBN978-4-8137-0613-7
定価:本体590円+税

**ピンクレーベル**

### 『総長に恋したお嬢様』Moonstone・著

玲は財閥令嬢で、お金持ち学校に通う高校生。ある日、街で不良に絡まれていたところを通りすがりのイケメン男子・憐斗に助けられるが、彼はなんと暴走族の総長だった。最初は怯える玲だったけれど、仲間思いで優しい彼に惹かれていって……。独占欲強めな総長とのじれ甘ラブにドキドキ‼

ISBN978-4-8137-0611-3
定価:本体640円+税

**ピンクレーベル**

### 『クールな生徒会長は私だけにとびきり甘い。』*あいら*・著

高1の莉子は、女嫌いで有名なイケメン生徒会長・湊先輩に突然告白されてビックリ！　成績優秀でサッカー部のエースでもある彼は、莉子にだけ優しくて、家まで送ってくれたり、困ったときに助けてくれたり。初めは戸惑う莉子だったけど、先輩と一緒にいるだけで胸がドキドキしてしまい…？

ISBN978-4-8137-0612-0
定価:本体590円+税

**ピンクレーベル**

### 『クールな同級生と、秘密の婚約⁉』SELEN・著

高2の亜瑚は、実家の工場を救ってもらう代わりに大企業の御曹司と婚約することに。相手はなんと、クールな学校一のモテ男子・湊だった。婚約と同時に同居する亜瑚。でも、眠れない夜は一緒に寝てくれたり、学校で困った時に助けてくれたり、本当は優しい彼に惹かれていき…？

ISBN978-4-8137-0588-8
定価:本体590円+税

**ピンクレーベル**

# ケータイ小説文庫 好評の既刊

### 『天ヶ瀬くんは甘やかしてくれない。』 みゅーな\*\*・著

高2のももは、同じクラスのイケメン・天ヶ瀬くんのことが好きだけど、話しかけることすらできずにいた。なのにある日突然、天ヶ瀬くんに「今日から俺の彼女ね」と宣言される。からかわれているだけだと思っていたけれど、「ももは俺だけのものでしょ？」と独り占めしようとしてきて…。

ISBN978-4-8137-0589-5
定価：本体590円+税

**ピンクレーベル**

### 『キミが可愛くてたまらない。』 \*あいら\*・著

高2の真由は隣に住む幼なじみ・煌貴と仲良し。彼はなんでもできちゃうイケメンで女子に大人気だけど、"冷血王子"と呼ばれるほど無愛想。そんな煌貴に突然「俺のものになって」とキスされて…。お兄ちゃんみたいな存在だったのに、ドキドキが止まらない!!　甘々120%の溺愛シリーズ第1弾！

ISBN978-4-8137-0570-3
定価：本体590円+税

**ピンクレーベル**

### 『オオカミ系幼なじみと同居中。』 Mai・著

16歳の未央はひょんなことから父の友人宅に居候することに。そこにはマイペースで強引だけどイケメンな、同い年の要が住んでいた。初対面のはずなのに、愛おしそうに未央のことを見つめる要にキスされ戸惑う未央。でも、実はふたりは以前出会っていたようで…？　運命的な同居ラブにドキドキ！

ISBN978-4-8137-0569-7
定価：本体610円+税

**ピンクレーベル**

### 『俺の愛も絆も、全部お前にくれてやる。』 晴虹・著

全国でNo.1の不良少女、通称"黄金の桜"である泉は、ある理由から男装して中学に入学する。そこは不良の集まる学校で、涼をはじめとする仲間に出会い、タイマンや新入生VS在校生の"戦争"を通して仲良くなる。涼の優しさに泉は惹かれはじめるものの、泉は自分を偽り続けていて…？

ISBN978-4-8137-0551-2
定価：本体590円+税

**ピンクレーベル**

# ケータイ小説文庫　好評の既刊

## 『無気力王子とじれ甘同居。』雨乃めこ・著

高2の祐実はひとり暮らし中。ある日突然、大家さんの手違いで、授業中居眠りばかりだけど学年一イケメンな無気力男子・松下くんと同居することになってしまう。マイペースな彼に振り回される祐実だけど、勝手に添い寝をして甘えてきたり、普段とは違う一面を見せる彼に惹かれていって…？

ISBN978-4-8137-0550-5
定価：本体590円+税

ピンクレーベル

## 『恋する君の可愛いつよがり。』綺世ゆいの・著

高1の六花は、同じバスケ部で学校イチのモテ男・佐久間が好き。ある日、試合に負けた罰ゲームとして"1ヶ月限定恋人ごっこ"を先輩に命じられる。しかも相手に選ばれたのが佐久間！　ニセカレなのに、2人きりになるとドキドキすることばかりしてきて…？　俺様男子とのじれ恋にきゅん♡

ISBN978-4-8137-0530-7
定価：本体590円+税

ピンクレーベル

## 『暴走族の総長様に、恋をしました。』Hoku*・著

人を信じられず、誰にも心を開かない孤独な美少女・冷夏は高校1年生。ある晩、予期せぬ出来事で、幼い子供を連れた見知らぬイケメンと出会う。のちに、彼こそが同じ高校の2年生にして、全国No.1暴走族「龍皇」の総長・秋と知る冷夏。そして冷夏は「龍皇」の姫として迎え入れられるのだが…。

ISBN978-4-8137-0541-3
定価：本体570円+税

ピンクレーベル

## 『甘すぎてずるいキミの溺愛。』みゅーな**・著

高2の千湖は、旧校舎で偶然会ったイケメン・尊くんに一目惚れ。実は同じクラスだった彼は普段イジワルばかりしてくるのに、ふたりきりの時だけ甘々に！　抱きしめてきたりキスしてきたり、毎日ドキドキ。「千湖は僕のもの」と独占してくるけれど、尊くんには忘れられない人がいるようで…？

ISBN978-4-8137-0511-6
定価：本体580円+税

ピンクレーベル

## ケータイ小説文庫　好評の既刊

### 『キミに捧ぐ愛』miNato・著

美少女の結愛はその容姿のせいで女子から妬まれ、孤独な日々を過ごしていた。心の支えだった彼氏も浮気をしていると知り、絶望していたとき、街でヒロトに出会う。自分のことを『欠陥人間』と言う彼に、結愛は似たものを感じ惹かれていく。そんな中、結愛は隠されていた家族の秘密を知り…。

ISBN978-4-8137-0614-4
定価：本体590円+税

**ブルーレーベル**

### 『新装版 てのひらを、ぎゅっと。』逢優・著

彼氏の光希と幸せな日々を過ごしていた中3の心優は、突然病に襲われ、余命3ヶ月と宣告されてしまう。光希の幸せを考え、好きな人ができたから別れようと嘘をついて病と闘う決意をした心優だったけど…。命の大切さ、人との絆の大切さを教えてくれる大ヒット人気作が、新装版として登場！

ISBN978-4-8137-0590-1
定価：本体590円+税

**ブルーレーベル**

### 『新装版 サヨナラのしずく』juna・著

優等生だけど、孤独で居場所がみつからない高校生の雫。繁華街で危ないところを、謎の男・シュンに助けられる。お互いの寂しさを埋めるように惹かれ合うふたりだが、元暴走族の総長だった彼には秘密があり、雫を守るために別れを決意する。愛する人との出会いと別れ。号泣必至の切ない物語。

ISBN978-4-8137-0571-0
定価：本体570円+税

**ブルーレーベル**

### 『月明かりの下、君に溺れ恋に落ちた。』nako.・著

家族に先立たれた孤独な少女の朝日はある日、家の前で見知らぬ男が血だらけで倒れているのを発見する。戸惑う朝日だったが、看病することに。男は零と名乗り、何者かに追われているようだった。零もまた朝日と同じく孤独を抱えており、ふたりは寂しさを埋めるように一夜を共にして…？

ISBN978-4-8137-0552-9
定価：本体590円+税

**ブルーレーベル**

# ケータイ小説文庫　2019年3月発売

## 『封印、解いちゃいました (仮)』神立まお・著

突然、高2の佐奈の前に現れた黒ネコ姿の悪魔・リド。リドに「お前は俺のもの」と言われた佐奈は、お祓いのため、リドと幼なじみで神社の息子・晃と同居生活をはじめるけど、怪奇現象に巻き込まれたりトラブル続き。さらに、恋の予感も!? 俺様悪魔とクールな幼なじみとのラブファンタジー！

ISBN978-4-8137-0646-5
予価:本体500円+税

**ピンクレーベル**

## 『一途な彼の過剰な愛情表現』三宅あおい・著

内気な高校生・菜穂はある日突然、父の会社を救ってもらう代わりに、大企業の社長の息子と婚約することに。その相手はなんと、超イケメンな同級生・蓮だった！ しかも蓮は以前から菜穂のことが好きだったと言い、毎日「かわいい」「天使」と連呼して菜穂を溺愛。甘々な同居ラブに胸キュン‼

ISBN978-4-8137-0645-8
予価:本体500円+税

**ピンクレーベル**

## 『誰にもあげない。』*あいら*・著

超有名企業のイケメン御曹司・京壱は校内にファンクラブができるほど女の子にモテモテ。でも彼は幼なじみの乃々花のことを異常なくらい溺愛していて…。「俺だけの可愛い乃々に近づく男は絶対に許さない」──ヤンデレな彼に最初から最後まで愛されまくり♡　溺愛120%の恋シリーズ第3弾！

ISBN978-4-8137-0647-2
予価:本体500円+税

**ピンクレーベル**

## 『求愛』ユウチャン・著

高校生のリサは過去の出来事のせいで自暴自棄に生きていた。そんなリサの生活はタカと出会い変わっていく。孤独を抱え、心の奥底では愛を欲していたリサとタカ。導かれるように惹かれ求めあい、小さな幸せを手にするけれど…。運命に翻弄されながらも懸命に生きるふたりの愛に号泣の感動作！

ISBN978-4-8137-0661-8
予価:本体500円+税

**ブルーレーベル**

書店店頭にご希望の本がない場合は、
書店にてご注文いただけます。